当代诗经

伊沙

编选

青海人民出版社

图书在版编目（CIP）数据

当代诗经 / 伊沙编选 . –– 西宁 : 青海人民出版社，
2016.6
ISBN 978-7-225-05156-7

Ⅰ . ①当… Ⅱ . ①伊… Ⅲ . ①诗集－中国－当代
Ⅳ . ① I227

中国版本图书馆 CIP 数据核字 (2016) 第 159511 号

当代诗经

伊沙　编选

出　版　人　樊原成
出版发行　青海人民出版社有限责任公司
　　　　　　西宁市同仁路 10 号　邮政编码：810001 电话：（0971）6143426（总编室）
发行热线　　（0971）6143516 / 6137731
印　　　刷　陕西龙山海天艺术印务有限公司
经　　　销　新华书店
开　　　本　720mm × 1010 mm　1/16
印　　　张　24.5
字　　　数　150 千
版　　　次　2016 年 7 月第 1 版　2016 年 7 月第 1 次印刷
书　　　号　ISBN 978-7-225-05156-7
定　　　价　45.00 元

编选者序

本书之动议来自诗人马非——《新世纪诗典》满五周年了，他希望我能亲手编一本《新世纪诗典》五年精选集。

我觉得很有必要做此总结，就同意了。

开编之后，我充分尊重自己在两周年时编过的一个两百首的选本（未能出版）和在三周年时推选出的"中文现代诗百优"——甚至可以说，此为本书的基石。

这是我的行事风格：但凡浇灌心血的，都尽可能让其开花结果。

最后的结果是：从时间上说，我一直后延到了5年零2个月推荐的1884首诗；从空间上说，扩大到了《新世纪诗典》外——将我前年编选的《中国口语诗选》一书的383首纳入被选对象——在总共2000余首诗中，精挑细选出305首，构成本书。

考虑到《新世纪诗典》一贯的选稿原则是"十选一"，这305首就该是从2万多首诗中选出来的吧——这还是有效选稿的劳动量，5年来，我究竟看过多少诗？最保守的粗略统计：至少有20万首。

有一段时间，我们老嚷嚷着要做"田野调查"（盘峰论争中就喊得很凶），我也感觉应该有人去做，尤其是被研究所或学院养起来的那些人——让我没

1

想到的是，到头来，去做的那个人是我自己！做"田野调查"的人竟然是耕耘最多的人！

近年编书繁多，每本新书开编之前，我都要立下几条有所差异的新标准，本书标准如下：第一，生命力；第二，创造力；第三，汉语的成熟度；第四，风格的多元化——这305首诗，便是在以上4条标准的苛责下选出来的。

回望来路，《新世纪诗典》是一本好过一本——这与全球中文现代诗的创作状况是一致的：四十年来，我们一直在进步，大幅度地进步着，21世纪以来的创作成果代表着当代诗歌乃至百年新诗的最高成就。

据此，我们将本书定名为《当代诗经》——以此向我们擅长于诗的伟大祖先致敬！向新诗百年祭献礼！

以往每到总结年，总是舆论盖过选本，众声喧哗盖过经典文本，这一次则有所不同：皇皇五卷《新世纪诗典》戳在那里！特立独行之《中国口语诗选》戳在那里！我们再添上这本精致至极的《当代诗经》！

先入为主的当代诗歌与百年新诗的悲观论者，你们敢读吗？

伊沙

2016年5月17日于长安

目　录

3

4

5

9

沈浩波

玛丽的爱情

朋友公司的女总监，英文名字叫玛丽
有一张精致迷人的脸庞，淡淡的香水
散发得体的幽香。名校毕业，气质高雅
四英寸的高跟鞋，将她的职场人生
挺拔得卓尔不群。干活拼命，酒桌上
千杯不醉，或者醉了，到厕所抠出
面不改色，接着喝。直到对手
露出破绽。一笔笔生意，就此达成
我承认，我有些倾慕她
有一次酒后，借着醉意，我对她的老板
我的朋友说：你真有福气，这么好的员工
一个大美女，帮你赚钱
朋友哈哈大笑："岂止是我的员工
还背着她老公，当了我的秘密情人
任何时候，我想睡她，就可以睡
你想一想，一个大美女，驴一样给我干活
母狗一样让我睡，还不用多加工资
这事是不是牛逼大了？"
我听得目瞪口呆，问他怎么做到的
朋友莞尔一笑："很简单，我一遍遍告诉她
我爱她，然后她信了！"

吉狄马加

火焰与词语

我把词语掷入火焰

那是因为只有火焰

能让我的词语获得自由

而我也才能将我的全部一切

最终献给火焰

（当然包括肉体和灵魂）

我像我的祖先那样

重复着一个古老的仪式

是火焰照亮了所有的生命

同样是火焰

让我们看见了死去的亲人

当我把词语

掷入火焰的时候

我发现火塘边的所有族人

正凝视着永恒的黑暗

在它的周围，没有叹息

只有雪族十二子的面具

穿着节日的盛装列队而过

他们的口语，如同沉默

那些格言和谚语滑落在地

却永远没有真实的回声

让我们惊奇的是，在那些影子中

真实已经死亡，而时间

却活在另一个神圣的地域

没有选择，只有在这样的夜晚

我才是我自己

我才是诗人吉狄马加

我才是那个不为人知的通灵者

因为只有在这个时刻

我舌尖上的词语与火焰

才能最终抵达我们伟大种族母语的根部

注：雪族十二子，彝族传说中人类是由雪族十二子演化产生的。

王有尾

怀孕的女鬼

闲来无事

游逛着

来到万寿陵

这里真安静

墓碑挨着墓碑

有名字的　没名字的

散在刚长出来的草丛里

一位怀孕的母亲

走在尘土微扬的小道上

见我过来

瞥了我一眼

走出老远

我猛一回头

她下意识地

摸了摸自己

已经隆起的肚子

等我再回头时

就只看见

墓碑挨着墓碑

2007

食指

秋阳

闲坐在小院里，沐浴着宁静的秋阳
暖暖的像母亲给我加了件衣裳
渐渐地觉得眼皮越来越沉重
懒洋洋地点上一支烟，闭目遐想

暖意袭来，不管是凄凉的身世
还是构思中的文章，都实在懒得想
物我两忘中却觉得该写点儿什么
很明白：是因为远离了污浊的名利场

秋阳黄金般金晃晃，眯起眼
看小院里一派喜人的景象
笑咧嘴的石榴害羞地低下头
朝远望的柿子还高高在上

这甜美的果实待人品尝
可知足的心情谁来分享
只有秋阳，因为秋阳
有老人的心肠，像父辈的目光……

2004.10.25

马非

等车

一辆红色的的士
又一辆红色的的士
第三辆红色的的士
......

他坐在马路牙子上
看着鱼贯而过的
红色的士
开始很急
现在不急了

他在等
他就是不相信
在这座城市里
全是红色的的士
他在等
一辆不是红色的的士
然后招手
坐上去

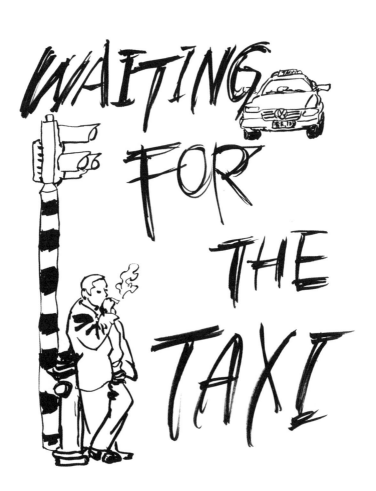

7

王小妮

月光白得很

月亮在深夜照出了一切的骨头。

我呼进了青白的气息。
人间的琐碎皮毛
变成下坠的萤火虫。
城市是一具死去的骨架。

没有哪个生命
配得上这样纯的夜色。
打开窗帘
天地正在眼前交接白银
月光使我忘记我是一个人。

生命的最后一幕
在一片素色里静静地彩排。
月光来到地板上
我的两只脚已经预先白了。

2003.3

唐欣

童年

童年冬天的夜晚多么寂寞
父母亲照例在遥远的单位开会
等待中他开始想象他们的归程
那恐怕是他最早的文学经历

从小他就不是个乐观的人
在白天他的担心何其荒谬
石子铺就的马路平坦宽阔
谁的自行车也不会偏离路线

但夜晚他还是忍不住要想　下雪了
路肯定很滑　会不会　万一　万一
他们就从河堤掉进冰冷的河中
他顿时陷入无边的绝望和恐惧

奇怪的是他居然还能迷糊过去
终于朦胧中他感到父母亲回来了
轻轻地　并不知道他们这是凯旋
他假装睡熟　默默咽下眼里的泪水

2007

康蚂

秃鹫

八岁那年
我背着受伤的妹妹
穿过原野
赶往县医院

天空飞着一只秃鹫
地上蔓延着
我们的人味

二十岁那年
我被人砍伤
在空旷无人的大街
血流成河

天空飞过一架飞机
听说它的前世
是一只秃鹫的骨骼

2005

还非

大限祈求

再给我十年吧。

十年之后，

祈求递减：

再给五年。

再三年。

再一年。

再一月。

再一天。

再一小时。

再一分钟。

再一秒……

以上愿望实现，约十九年，足矣。

要这些时间做什么，多吃一碗米饭？

十九年后的某一场雪，

白色包容，里外通透，我与你也隔开了，不互磨难，

磨擦，世界解决了：奥巴马家族的别墅，

也许就会在我家东面三都澳海边。

前天夏至，最长的一天，我怀抱刚六十多天的二外孙，

黄昏下，面朝推迟的夕阳余光，"外公要你快快长大！"

他"咿呀"两声，我泪涌心头：

球鞋穿几码，索马里海盗会不会再起，

诗没写好那都无所谓，

下一次哈雷慧星肯定等不到了。

今天，我写下 2009 年 6 月 23 日，

明天，我会写 2009 年 6 月 24 日，

能多分行一天，我很开心。

2009

李异

就算天空再深

我对七岁那年暑假

被推进手术室前的记忆

非常清楚，那是

一排错落走着和躺着病人的过道

酒精刺鼻

身穿蓝白横杠的他们，用一种相同的

怪异神色看我

我躺在轮床上

乘电梯从一楼升到七楼

沿着走廊左拐

一直进到灯光交织的房间

然后被换到另一张床

卧在上面

好似落入云朵里

他们在角落噼噼啪啪摆弄着

银色器具

我看到针管里的

药水被细细地推射出去

形成一条撒尿的弧线，在空中洒落

闭上眼，冰凉的液体

进入血管

护士阿姨说，这是麻醉药

你好好睡，于是很快地

我困倦极了，世界恍惚

所有事物都消失在黑暗中

我像一缕烟，在天上飞

十个钟头后

我的阴囊明显

多了一颗睾丸

腹腔右侧

一道永存的刀疤

证明我曾是

一名隐睾症患者

2007

东岳

烟疤

为什么会有烟疤

为什么烟疤往往会出现在

漂亮女子的身上

这家手机店的营业员

美丽的营业员

在向我介绍手机功能的同时

我发现了她右腕处的

三个烟疤

引发了我的联想：

上次是在本市的一家美容美发店

最漂亮的那名女服务员

在左腕上也烫着两个醒目的烟疤

还有上周被我审判过的那名

漂亮的女诈骗犯

脖子下方锁骨处烫着的圆烟疤

我曾不耻下问烟疤的来历

她们笑语搪塞不答

如今是她

梅花似的烟疤

并排绽放在洁白的右腕上

她最左边的烟疤

可能有一个故事

第二个烟疤

可能有第二个故事

第三个烟疤

也不例外地可能有第三个故事

但也不排除这三个烟疤

只有一个故事

按照数学的排列组合

还应该有其他的情况

但最不可能的是这些按在

漂亮女人身上的烟疤

连一个故事也没有

2004

安琪

一天一夜

一天一夜？没有问题，你可以待在我这里一天一夜
这里？这里是哪里
甜蜜里，悲伤里，还是麻木里？

哦，你去过的，在从前，在挤出来的时间
空间中，你跟无数人影磨
交叉，重叠
以致你变得如此之扁，扁，却不透明
却不在耗尽五官的祈祷中死于纷乱

祝贺你亲爱的
我给你准备了一沓用于记录口供的黑色牛皮纸
我很不想干这种事
我差一点儿就把他们当成同案犯叫到面前
直到风吹草动，提醒我，我的椅子正在松动
正在摇晃

那么说吧，就在此刻，吸足了墨水的笔
抡圆了的砍刀
这是我正赶往孤独的路上，我留出了一天一夜，你看

我的手，我的身，我的心：干干净净
一片空无。

艾蒿

虚构

模特穿着各种漂亮的衣服

站在商店门前

让人们看

有一天她实在站不稳

就摔了下来

首先摔断了头

然后是一只胳膊和

一条腿

老板去隔壁打牌了

没有看见

另一具虚构的模特

跑过来抱着她

断掉的头

大哭了一场

2004

李勋阳

皈依

等谢了顶
洒家
再顺道烫上
九个香疤

2007

宇向

阳光照在需要它的地方

阳光照在需要它的地方
照在向日葵和马路上
照在更多向日葵一样的植物上
照在更多马路一样的地方
在幸福与不幸的夫妻之间
在昨夜下过大雨的街上
阳光几乎垂直照过去
照着阳台上的内裤和胸衣
洗脚房装饰一新的门牌
照着寒冷也照着滚落的汗珠
照着八月的天空，几乎没有玻璃的玻璃
几乎没有哭泣的孩子
照到哭泣的孩子却照不到一个人的童年
照到我眼上照不到我的手
照不到门的后面照不到偷情的恋人
阳光不在不需要它的地方

阳光从来不照在不需要它的地方
阳光照在我身上
有时它不照在我身上

图雅

母亲在我腹中

母亲已经盘踞在我的腹中
这是不可更改的事实

寂静中听见母亲的笑，响彻我的喉咙
它让我恐惧，让我疼痛

我应和着她的笑在平面的镜中
滋养着她的皱纹

她的白发，被我的腹膜提拉到云的高度
以致我祈求母亲别丢下我

母亲的抱怨，此时
撑痛我脆弱的心胸

我承认我吃了她带血的奶，带血的牙印
证明我一来到这个世上就成为她的仇人

后来我开始吃她的手和脚
吃她的眼泪和勤劳

再后来我吃她的肌肉和骨头

吃她的爱情和宽容

如今她每一寸肌肤都滑进我的腹腔

她的每一块骨头都开始疏松

我吞进多少牛奶和豆浆都弥补不了我的罪过

内视她的表情，充满讨伐和征服

我只好节节败退

用我的坚韧对抗中年，对抗衰败的年轮

母亲在我腹中已是不争的事实

我勇敢地装下她，正如多少年前她勇敢地装下我

22

2009.1.8

孟浪

致从二十世纪走来的中国行者

背着祖国到处行走的人，
祖国也永远背着他，不会把他放下。

是的，祖国
就是他的全部家当
是的，祖国
正是他的全部家当。

在他的身上河流与道路一样穿梭
他的血管里也鸣起出发的汽笛和喇叭

祖国和他一起前行，祖国和他
相对一笑："背着他！""背着它！"

是的，祖国
就是他一生的方向
是的，祖国
正是他一生的方向。

他走到哪里，哪里就有
原野、山峦、城镇、村落、泥土和鲜花

——他的骄傲啊，祖国的分量

他们互相扶携着，走向天涯。

是的，祖国

正和他一起啜饮远方的朝露

是的，祖国

正和他一起挽住故园的晚霞。

背着祖国苦苦行走的人

祖国也苦苦地背着他，永远不会背叛他！

2008.5.29 于波士顿

韩东

这些年

这些年，我过得不错
只是爱，不再恋爱
只是睡，不再和女人睡
只是写，不再诗歌
我经常骂人，但不翻脸
经常在南京，偶尔也去
外地走走
我仍然活着，但不想长寿

这些年，我缺钱，但不想挣钱
缺觉，但不吃安定
缺肉，但不吃鸡腿
头秃了，那就让它秃着吧
牙蛀空了，就让它空着吧
剩下的已经够用
胡子白了，下面的胡子也白了
眉毛长了，鼻毛也长了

这些年，我去过一次上海
但不觉得上海的变化很大
去过一次草原，也不觉得

天人合一
我读书，只读一本，但读了七遍
听音乐，只听一张 CD，每天都听
字和词不再折磨我
我也不再折磨语言

这些年，一个朋友死了
但我觉得他依然活着
一个朋友已迈入不朽
那就拜拜，就此别过
我仍然是韩东，但人称老韩
老韩身体健康，每周爬山
既不极目远眺，也不野合
就这么从半山腰下来了

独化

我主持圆通寺一个下午

它破败
它空无一人
我嗅到了我点燃的清香
我看到了花木上拂过的泠风

2002.7.30

娜夜

睡前书

我舍不得睡去

我舍不得这音乐　这摇椅　这荡漾的天光

佛教的蓝　我舍不得一个理想主义者

为之倾心的：虚无

这一阵一阵的微风　并不切实的

吹拂　仿佛杭州

仿佛入夜的阿姆斯特丹　这一阵一阵的

恍惚

空

事实上

或者假设的：手——

第二个扣子解成需要　过来人

都懂

不懂的　解不开

2009

贾薇

高兴

她在沙发上坐着

突然

有些悲伤

那晚她一直望着

窗外的月亮

想什么

没有人知道

看上去她很忧愁

她说了句话

没有人听清

她一个人坐着

有半小时

突然

她欢呼起来

太好了

老去的

不只是我一个人

2000.2.10

蓝蓝

哥特兰岛的黄昏

"啊！一切都完美无缺！"
我在草地坐下，辛酸如脚下的潮水
涌进眼眶。

远处是年迈的波浪，近处是年轻的波浪。
海鸥站在礁石上就像
脚下是教堂的尖顶。
当它们在暮色里消失，星星便出现在
我们的头顶。

什么都不缺：
微风，草地，夕阳和大海。
什么都不缺：
和平与富足，宁静和教堂的晚钟。

"完美"即是拒绝。当我震惊于
没有父母和孩子
没有我家楼下杂乱的街道
在身边——如此不洁的幸福
扩大着我视力的阴影……

仿佛是无意的羞辱——

对于你，波罗的海圆满而坚硬的落日

我是个外人，一个来自中国

内心阴郁的陌生人。

哥特兰的黄昏把一切都变成噩梦。

是的，没有比这更寒冷的风景。

注：哥特兰岛，位于瑞典南部，是波罗的海最大的岛屿，以风景
　　优美著称。

韩敬源

儿时同伴

我儿时的一个同伴

死在我们经常游泳的那条河中

刚放暑假那会儿

他还去过我家

开学就不见踪影

留下一个空空的名字

在大家心中空空地挂着

有不明事理的老师点到他的名字

教室里异常安静

每次经过那条透明的河

老有蓝色的阳光在水面上闪动

我儿时的伙伴

就坐在水中

低头修表

2004

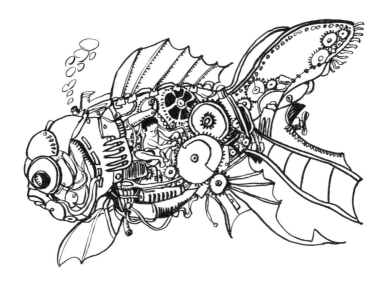

33

欧亚

我们得到黄金

我们乐于接受

冰冷的黄金

矿石在火炉中折腾

流出滋滋叫的

老虎般的液体

然后冷却、定型

最后捧在

我们温暖的手中

海岸

海啸

大海站起身，破门
走到你的面前

拉下水，卸去一切武装
战火即刻消停
随波逐流，漂成一堆垃圾
死了不让你沉入海底
人类，奢谈你的尊严与权利

苏门答腊岛的大丽花
臭名远扬的大丽花
在大海怒放
而更为辽阔的是心灵之海
爱，正从苦难中起身

大海站起身，一夜间
收复所有的失地

2004

郑小琼

旧日的蜘蛛

它把躯体藏在云霞的典籍中，但它必须穿过经纬
跟随古老的月亮返回，在柔质的肋骨间嵌入幻想
尖细的日子流传着化学的铜，在嘈杂的机器声中
有毒的分子正穿过我们的肺叶、血管，到达心脏，
形成疾病的职业或者职业的疾病。厄运的姐妹们

在苯、毛绒塞着的肺中挣扎，像烯丙菊脂中行起的
蜘蛛，阴影在心上越来越重，在缺乏钙质的中国法律中
权力与货币不断刺伤社会的尊严，她们命运的手在
无边的黑暗中沉浮，她们活在有毒的日常生活中
不断用化学油墨改变她们善良的乡村基因

她们脱去田园、梦境，成为有毒的蜘蛛，用女性的肉体
结网，在人行天桥、公园，欲望的都市细节不断在改写
她们站在黄昏中，保持着惯有冷漠，某天在报纸阴暗的
谋杀特写中，她们齿动的复音与小康的笙歌一同交错
如今愤怒因为现实的潮汐退至零度，经济学家在叫着

市场经济没有同情心，弱肉强食，我乡下的姐妹只能
成为他们床上的大餐，他们丧失人性的著作成为市场经济的
罗盘，刻进了国家的尸骨，刻进了一个乡下贫困者的肋骨

它体青色的潮汐泛起，我一直坐在南方的黑暗中央
目睹因化学物品丧失生育的姐妹们，她们的叹息

成为时代缔造的伤口，中国特色的绷带裹住了真相
一千个失语症患者在充当国家的发言人，他们开始
在报刊电视上练习对口型，以保持这个古老国度的
团结的优良传统，它的耳朵封闭，但我必须说出
哪怕我的话只是沉默的延续，但我不断拒绝骨头里的嚎叫

潇潇

痛和一缕死亡的青烟

这些年，我一直在酸楚
这朵空空的云中漫步
想一想最喜欢的人，在命运中挣扎
在气候中变成了一句心痛的废话
一夜之间，被内心的大风吹到了天涯

坏消息像一场暴雨越下越大
我撑着伞，雨在空中突然停止了
记忆中的疼痛从半空中泼洒下来
我浑身发抖，无处可去

一场春天的鹅毛大雪，短暂而诡秘
世界变态地浮在了冰凉的水面
我悄悄流泪，雨雪就这样
又在我的脸上下起来

我伸手触摸，痛和一缕死亡的青烟
从指尖爬上额头，一点一点把
秋天的死皮硬是从冬天的脸上削落
爱一步跨进了冬天
我用疼到骨髓的伤口斟酒
一生一世，直接嫁给了空气

阿吾

我们一家都生在河边
—— 为吾儿摩西百日而作

孩子，这个傍晚

爸爸不能不想起你

一百天前

你出生在怀卡托河边

每当我想到这里

双眼像河流一样潮湿

你长大后会知道

我们一家都生在河边

爸爸的那条河叫长江

妈妈的那条河叫黄河

哥哥的那条河叫珠江

你的那条河就叫怀卡托

求神带领你

就像带领摩西

求神带领我们一家

就像带领每一条河流

孩子，有一天你会明白

我们一家为什么都生在河边

2001.6

马海轶

在山区，我看到神

神也会弯着腰播种
他将头颅与肩膀俯向大地
许久之后，直起身子
搓掉手上的泥巴

这时"太阳偏西，乌鹊归巢"
辛苦的一天行将结束了
他对你微微笑着
并露出闪光的牙齿

神也回到了家里
灯光昏暗，他静静地吃完土豆
坐在窗口望一会儿星空
夜深了，他抱着一根野芦苇入睡

2007.4

鸿鸿

我现在没有地址了

我现在没有地址了
我要去街角战斗
那从未被雪覆盖的街道
现在给履带的压痕占领了
我只有一枝曾经想给你，而已枯萎的花儿
背在背后
我要去街角战斗

我现在没有地址了
每一个白昼都是夜晚
每一个夜晚都是远方
我会在商场的仓库、剧院的乐池、报纸的
分类广告里
书写战帖或情报，袖口沾满
熟睡的口水和蚂蚁

我要在推土机前倒立
我要在屠宰场外唱歌
我要到海关夺取护照和各种钱币
发给那些不认识杜甫、没听过韦瓦第
生命里只有地震和秋天的人

我要给遍体鳞伤的小孩一只流浪狗

我将打扮成花样少女去安慰那些失智老人

我会戴披风站上屋顶给人们带来空幻的希望

写信给我就寄到任何一间麦当劳

我将会去行抢

寄到任何一间银行

我会去用它点燃引信

也许我会藏身旧情人的

楼梯间，听着叉匙叮当

也许我终究会穿过玻璃，请冷漠有礼的年轻人

帮我修理眼镜

但我没有地址了

写上你自己的吧

也许我正在你眼中读写这句诗行

注：1944 年，法国作家安德烈·马侯（André Malraux）离开避居德国占领军
的城堡，前往加入地下反抗运动。朋友接到他的信，上面只提到：我现
在没有地址了……

海啸

雨天

车窗。玻璃的广场
两行泪水在流淌
仅仅为了避雨，我可能
推迟一生才能到站

2006.6.3

贺中

在没法儿再深的深夜

在没法儿再深的深夜
老光棍不停地摸着自己的躯干

直到五个指头沾满刀锋一样的黑暗
直到那漫长的孤寂把仅剩的肉剔净

在没法儿再深的深夜
白骨耀眼的光亮让人间充满冷冷诡异

多多

今夜我们播种

郁金香、末世和接应

而一床一床的麦子只滋养两个人

今夜一架冰造的钢琴与金鱼普世的沉思同步

而迟钝的海只知独自高涨

今夜风声不止于气流，今夜平静

骗不了这里，今夜教堂的门关上

今夜我们周围所有的碗全都停止行乞了

所有监视我们的目光全都彼此相遇了

我们的秘密应当在云朵后面公开歌唱

今夜，基督从你身上抱我

今夜是我们的离婚夜

2004

树才

安宁

我想写出此刻的安宁
我心中枯草一样驯服的安宁
被风吹送着一直升向天庭的安宁
我想写出这住宅小区的安宁
汽车开走了停车场空荡荡的安宁
儿童们奔跑奶奶们闲聊的安宁
我想写出这风中的清亮的安宁
草茎颤动着唑唑响的安宁
老人裤管里瘦骨的安宁
我想写出这泥地上湿乎乎的安宁
阳光铺出的淡黄色的安宁
断枝裂隙间干巴巴的安宁
我想写出这树影笼罩着的安宁
以及树影之外的安宁
以及天地间青蓝色的安宁
我这么想着没工夫再想别的
我这么想着一路都这么想着
占据我全身心的，就是这
——安宁

2000

张执浩

终结者

你之后我不会再爱别人。不会了，再也不会了
你之后我将安度晚年，重新学习平静
一条河在你脚踝处拐弯，你知道答案
在哪儿，你知道，所有的浪花必死无疑
曾经溃堤的我也会化成簸箕，铁锹，或
你脸颊上的汗水、热泪
我之后你将成为女人中的女人
多少儿女绕膝，多少星宿云集
而河水喧哗，死去的浪花将再度复活
死后如我者，在地底，也将踝骨轻轻挪动

47

2005

北岛

黑色地图

寒鸦终于拼凑成

夜：黑色地图

我回来了——归程

总是比迷途长

长于一生

带上冬天的心

当泉水和蜜制药丸

成了夜的话语

当记忆狂吠

彩虹在黑市出没

父亲生命之火如豆

我是他的回声

为赴约转过街角

旧日情人隐身风中

和信一起旋转

北京，让我

跟你所有灯光干杯

让我的白发领路

穿过黑色地图

如风暴领你起飞

我排队排到那小窗

关上：哦明月

我回来了——重逢

总是比告别少

只少一次

陈衍强

再写母亲

每次她从老远的乡下来县城

都要给我背点儿洋芋　南瓜　海椒

其实这些东西

我花10块钱　就可在街上买1袋

不是我嫌它们太乡土和廉价

我是心疼她那么大年纪

好不容易种出24种以上的植物

我真的不忍心母亲佝偻的身子

进城看儿子还要加重负担

我也知道　除了这些

她再也拿不出别的慈爱

所以　它们比黄金还珍贵

看见它们　我就看见她的命

一个洋芋　一个南瓜　一个海椒

都是她用命种出来的

只要粮食和蔬菜还新鲜着

我的母亲　就活着

并且在山坡上累着

2007.8.1

张玉明

暮冬，我去看张映红

2002 年暮冬的某一天
我去精神病院
看张映红
我们整整三年
没见面
张映红趴在床上
写诗：那诗写得怪怪的
好像只有一句
"纸包住火"
标题是：精神病院纪实
她征求我的意见
我
摊开她的手掌
轻轻拍一下
没吭声
我们，将目光移向窗外
外面是漫天飞舞的雪花
张映红
推我一下
"我给你唱歌吧"
唱的是那首

"雪在烧"

那天张映红的脸

是好看的酡红色

仿佛醉酒。其实

那天

她发着高烧

精神病院的护士

第二天

整理被褥

问张映红

你的被褥

摸上去怎么那么烫

张映红说：

昨夜　我梦见

我怀孕了

怀上了火山

欧阳昱

真好

黄昏十分
从北大街走过
我看见一女
在奶一个孩子
一副很舒服的样子
我看见她半露的
饱绽乳汁的乳房
也觉得很舒服
那时，人们熙来攘往
没有一个人对她注意
我想起，在澳洲
女人当众露乳喂孩子
是法律所禁止的
看到她与孩子陷入的
那种痴迷状态
我不觉暗叫：真好！

君儿

色与空

儿子 我没想到
我曾遭逢的尴尬
你也要重新遭逢一回
比如肤色
我们竟成了介于
黑人与黄种人之间的
又一物类
在非洲显得白
在亚洲显得黑
如果我们为此骄傲
其实又有什么不可以

2009

朱剑

磷火

路经坟场
看见磷火闪烁
朋友说，这是
骨头在发光

是不是
每个人的骨头里
都有一盏
高贵的灯

许多人屈辱地
活了一辈子
死后，才把灯
点亮

2000

邢非

收废品的男孩

只有十六岁
健壮的手熟练地把我的废报纸放进口袋
我问他是哪里人
他说了个地名，我不可能知道
他看我疑惑，站直身板大声说
大头娃！奶粉！不知道吗？
我恍然大悟，那个著名的地方啊
他呵呵笑了
露出一口洁白的牙齿

2006   *57*

李淑敏

白色蝙蝠

一只白色的蝙蝠
从暗夜出发
飞在白昼的光中
孤独，骄傲
不被它的王庇护

它患上了要命的白化病
却必须从夜里挣脱
飞向白光
刺热的太阳
烧伤了它的眼睛和皮肤

就是一只白化病蝙蝠
翅膀正在消失
那一处可以藏身的黑色
它已经到达不了

近在眼前的幻觉
加速跌落的毁灭

2010

58

李伟

查一查这个圣诞老人

查一查这个圣诞老人

究竟是谁派他来的

属于什么组织

目的是什么

有没有前科

家住哪里

一定要仔细查

一个人背那么大的包

还精心化装

决不只是表面上送糖果那么简单

2007

了乏

他用力向易拉罐踢去

他抬脚
用力向易拉罐踢去
易拉罐向前滚动
发出清脆、尖锐的声音

易拉罐滚过路口
滚进路灯照不到的街角
他跟上去
像一位严厉的教官
把易拉罐揪出黑暗

易拉罐在空无的大街上继续向前滚动
发出清脆、尖锐的声音
他跟在后面
走走停停
像在指挥一支军队

从 0 时 31 分的人民路
到 3 时 47 分的五马街
他感觉从未有过地牛逼

第广龙

我害怕的是人

黎明前，早起锻炼的我
有时，会遇见流浪猫
远远看见我，加速穿过马路
钻进了篱笆，流浪狗也遇见过
远远的，我放慢了步子
我从小就怕狗，而流浪狗
也小跑着，跑到墙背后去了
多数情况下，都是我一个在走
空荡荡的街上，我时常回过头
看一看身后，我看见的
虽然是我的影子，有时
竟然也让我心惊

梅花驿

牛逼

我经常见一辆三轮车

在大街上跑

车厢的外面

用红漆喷着两个

耀眼的大字

"奔驰"

我觉得它挺牛逼的

一个男人蹬着它

风驰电掣

满世界地跑

我也觉得他挺牛逼的

轩辕轼轲

体操课

我的第一堂课就是最后一课

因为我不明白人为什么要做体操

为了说服我，体操教练一甩手

扔出个盘子，盘子碎了

扔出把椅子，椅子摔掉了腿

扔出个同学，他在空中一个后空翻

稳稳地落到垫子上

你看，只有人才是最适合做体操的

我仍然不懂，托着腮坐在角落里

看他们压腿、展臂，翻来滚去

教练向我走来，露出诡异的笑

一拍我的肩膀说：坐着旁观也是一种体操

我一愣，站起来，当着全体人员的面儿

助跑后翻出一连串的筋斗云，上了西天

2010.5.9

宋晓贤

乳汁在母体内变质

女儿刚两个月大
叶子就从桂林乡下
来广州找工作
（她没有钱养活孩子
她跟男朋友分手已经半年了）
但　事情并不顺利
她来信说：
我去医院看病了
宝宝没奶吃了
我的乳房痛得很
挤出来　却是脓

64

2006

刘川

如果用医院的 X 光机看这个世界

并没有一群一群的人

只有一具一具骨架

白刷刷

摇摇摆摆

在世上乱走

奇怪的是

为什么同样的骨架

其中一些

要向另外一些

弯曲、跪拜

其中一些

要骑在

另一些的骷髅头上

更令人百思不解的是

为什么其中一些骨架

要在别墅里

包养若干骨架

并依次跨到

它们上面

去摩擦它们那块

空空洞洞的胯骨

莫小邪

两不相欠

很久以前

吵架那天正赶上停水停电

大门还没有关严

你用右手打了我的左脸

质问我是怎么勾搭上了陈洁安

那个陈洁安是个什么狗娘娘腔

一个耳光

一刀两断

两不相欠

从那天以后

我偶尔会月经不调

吃了不少益母草

你以为我跟了陈洁安

或者疯了　或者嫁了

其实我没疯　没嫁

也没有跟陈洁安

不接你任何电话

不住在原来的家

不会再次爬上你那船

是船不是床

从此像蒸发一样失踪

一直活到了现在

路也

辛亥百年，致鲁迅

我们这个大学就是一个鲁镇

具体到文学院，就是未庄了

阿Q们都得了PH.D，住在各自的土谷祠中

或把辫子盘上头顶，或干脆剪掉辫子

更有甚者，剃了光头，闪烁着铁青的革命之光

宝蓝色竹布长衫亦换成西装和T恤

此乃身体政治，至于心里的长辫子和瓜皮小帽暂且不表

赵太爷做了院士，假洋鬼子改名叫海归

而我，就是那不能与时俱进的孔乙己

主讲茴香豆的茴字有四种写法

并胆敢去偷丁举人家的书

爱议论中国改革的同事兼友人吕纬甫

远走他乡，改教"子曰诗云"

某年某月某日，在铅色天空下，在飞雪的废园旁，在酒楼上

可否与他不期而遇？

魏连殳这个异类，与我住同一幢筒子楼

有一双在黑气里发光的眼

为了饭碗，终至给权贵写公文去了

至于爱情，似乎见过，但又不太真切

周围的子君们和涓生们全都分了手

而那个搽雪花膏的小东西，正在男人圈里走红

最终委身于靠往牛奶里添三聚氰胺而大发横财的

那个鲇鱼须的老东西

黄昏，路过校门口的菜市场

看见摆小摊的闰土，正被城管红眼睛阿义

驱赶得仓皇逃窜

这时，我忽然不再关心茴香豆的茴字有几种写法

想做夏瑜，哪怕让坟上花环惨白

也要讲清楚这天下属于谁

可是，讲台下面坐着的分明是一群华小栓

遂明白九斤老太的感慨"一代不如一代"

那么，干脆扔掉教案吧，去做那个眉间尺

以青色之剑砍下头颅，交与黑色人

愤怒与秒俱增，首级正变成沉默的水雷

——可实际上，我只有诗歌而已，只有"而已"而已

先生，"双十节"又至，已整整百年

你在天上一定还会笑吟吟曰：

"我也说'今年之双十节，可喜可贺，尤甚从前'吧"

而今，你的后代们，身体乘上了高铁，灵魂还坐在乌篷船上

皇帝坐龙庭，只是离开了紫禁城

药和头发的故事以及风波，还在上演

先生，你的文字已从课本里删除

有人爱你有人恨你，有人利用你，有人害怕你

而我如此苦闷，将与何人说？

林莽

我们还有许多事情没有完成

我在一个密闭的飞行器中飞行
穿越那么多熟悉的地名
隔着岁月与时空
它们都曾在古老的书本中

我飞越那片世界上最大的草原
我在万米高空中越过乌拉尔山脉的主峰
我追赶太阳　从东向西
我们还有许多事情没有完成

我们还有许多事情没有完成
在一万米的高空下
有一只蚂蚁在搬运它过冬的粮食
有一只鸟儿焦急地寻找它失散的伴侣
有一头牛在为它的孩子进行第一次的哺乳
我们已经历了很多
但我们还有许多事情没有完成

在一万米高空中我读保罗·策兰
我知道我读的并不是他
他距我的距离很近　距我的设想很远

我们都是在寻找语言的归属

我们在各自的空间里神秘地飞行

但我们有许多事情还没有完成

2005.10

徐江

为痛风的恐惧而作

痛风就是
从此跟好吃的告别
稍不注意就要坐上轮椅
早早扮演孔明先生

所以
别了，螃蟹
别了，带鱼
三文鱼
黄花鱼
大虾
（包括小河虾）

别了，扇贝
生蚝
麻蛤青蛤
别了，蘑菇
各种蘑菇
毒蘑菇
（虽然从来不吃
但也还是一起别了）

别了，羊肉泡

牛肉面

肉汤

鸡汤

麻婆豆腐

菠菜

以及并不好吃的菜花

别了，喜力啤酒

百威、嘉士伯

雪花，自酿黑啤

以及一应纯生

别了，龙井

碧螺春

别了，内脏、骨髓

所有的海味

鸭、鹅、鸽

别了，绍兴酒

别了，鱿鱼、芦笋

挚爱的咖啡

哪怕没有"蓝山"

也请你还给我

别了，伟大的

过量食用的那一部分盐

别了，为所欲为的欢乐

而此刻，另一种为所欲为

在我大脑的原野上展开

那些威武的队列

在阳光下盔甲鲜明

它们都是吃的呀

现在你看

它们在阵地前

起劲地对我挑衅

然后潮水般退却

抛下可怜的战利品

一两根圣洁的海带

左右

聋子

声音有没有颜色如同黑暗

声音有没有味道如同酸涩

声音有没有梦想犹如三天光明

声音有没有冷暖

声音有没有最初的爱

声音在哪里出生的呢，请你告诉我

我想在我的耳朵里也怀孕一些声音

我想在我的意识里也制造一些声源

我想将自己出卖给一个懂得声音的精灵

请你告诉我，外面的世界是不是喧嚣的

昨夜地震了，我没听见妈妈最亲近的哭泣

我最想要的答案

我想做一个能听见声音的聋子

宋雨

情人

一个人的早餐，对面
并非只有空气
也并非只是消毒柜和咸鸭蛋。
草原上的马匹雄健
有一匹是属于我的。
用蓝边粗瓷碗喝大碗奶茶
点小菜，刚出锅的包尔萨克。
我这样敏感的鼻子
我这样陡峭的肩胛骨
怎么容得下
热浪，汗味，浊气。

再也没有比在一只马蹄印里相遇
更要命的。

2010

李岩

削玻璃

削玻璃——这是不可能的
削玻璃——这是不可能的可能
削苹果，削梨，削土豆，削木头
玻璃如何削？
如何削掉玻璃透明的皮肤？
——它只能切割。
但我们削玻璃。
这是不可能的可能。因为不可能，才可能。
但是我们削。
像削苹果一样削，像削梨一样削，
像削土豆一样削，像削木头一样削。
像呲牙咧嘴的小工头，克扣工钱一样削。
像小学生削铅笔那样削，削了再削。
我们不断削，我们不停削，
我们像削玻璃一样削。
但不用刀具削，用心削，用手削，
用感觉去削。用灵魂去削。
正因为不能削，我们才要削。
我们削玻璃，我们削。
我们在它透明的土地上刨，挖，掘，抠。
在边棱上用劲削。咬紧牙关，用疼削。

阿坚

想起你在电影里的两个片段
——致自杀诗人小招

一个是参加首尔电影展的《盒饭》，你去学狼叫
一个是参加釜山电影展的《空山轶》，你宿在棺材里
剧本当然不是你写的，你没提异议，痛快演了
并且演得很好，你得到了片酬，比别人还多
如果是我，给的钱再多，也不去学狼叫，更不钻进棺材
后来你分裂了
再后来你牺牲了

2012.1.12

王小龙

老洋房的骨头

老洋房向东南
斜斜移动五十米
钢缆、千斤顶加滚轴
磕磕碰碰拖过去

它老了，它很疼
你听见它骨头断裂

造它出来，也就是
一个叫做家的地方
当然住进去的是个人物
它造得很夸张

骨头声响，那些
黑白人影、谈话和故事
都活在缝隙里，你看见
一只蟑螂爬上窗台

马路冻得发亮
夜半，老洋房开始走动
它想挪回原来的地方

挪回主人在家的时光

五十米，一个被炸飞的士兵
爬回去找他掉在原地的腿

你这么想，骨头
疼得叫出声来

海男

忧伤的黑麋鹿

昨夜，在躺下的黑屋中
一群来自旷野山冈之上的黑麋鹿
忧伤的奔跑声惊醒了我
它们没有锁链，没有祷词飞扬

忧伤的黑麋鹿来自滇西的山冈
来自一个人最辽阔的内心
他的生活已被我长久地凝视过
在那么长的距离里，远隔着澜沧江的大峡谷

中途还有雨雪的阻隔，还有白鹭华美而优雅的
飞翔声隔离我们的视线
当忧伤的黑麋鹿狂野中奔来时
在躺下的黑屋中，我像一个黑奴般期待着什么

我将像一个黑奴般期待着
辽阔的大地以及赐给我无限生命的时间

2008.1.29

小麦

羊肉泡

太阳刚刚爬上山头
我牵着家里剩下的唯一牲畜
去野草茂密的山头放牧
小羊享用着上天的赐予
不时抬头看看我
纯净的眼神似乎在说
呀，美味

太阳刚刚落下山头
村长要招待乡里的干部
要牵走家里这唯一的牲畜
只因为乡长喜欢羊肉泡
猜拳的乡长不时吧唧着嘴
还对村长说
呀，美味

赵立宏

抽烟人的打火机坏了

一个抽烟的人

正准备点烟

打火机坏了

他不得不放下

手中的工作

去找另一个抽烟的人

把叼在嘴上的烟点燃

或者是再去

买一个新的打火机

对于一个不抽烟的人

这样的事情

从来就不会发生

摆丢

浑蛋

上周六

在世纪大道地铁站入口

一中年妇女大喊——

"浑蛋、浑蛋、浑蛋"

不知她在喊谁

但见她往前冲出几步

用手中卷着的一本杂志

指着前方像把手枪

"浑蛋、浑蛋、浑蛋"

那个真正的浑蛋

走远了

当她喊出一声"浑蛋"

就又多几人回头看她

仿佛纷纷回头的人们就是她

叫的那个浑蛋

她喊得更有劲了

她愈加愤怒地喊

她捶胸顿足地喊

她歇斯底里地喊

"浑蛋、浑蛋、浑蛋"

我脑子里突然闯进

很多"浑蛋"的回声

进得地铁，我觉得满车厢的人

都是浑蛋

2012.8.15

鬼石

一只只孤独的啤酒瓶

每天熬夜看欧洲杯

一定要提前冰镇几瓶啤酒

让它们冷静一会儿

然后在一个合适的时间

再将它们拿出来

并且起开瓶盖

它们照例先叹会儿气

再看一看比赛

接着便被我一饮而下

如果遇到中场休息

我会去趟卫生间

这个时候，就只有

那几只空啤酒瓶

孤独地站在那里，透过玻璃

看着电视上插播的广告

2012.6.22

唐果

黑暗之歌

太阳已落山　黑暗走出家
抖开黑丝绒　盖上山的脚
拉扯黑丝绒　再盖它的腰
等它睡着打呼噜　再把头蒙上

睡吧　山峦、河流、村庄
睡吧　飞虫、走兽、阿妈

天狼

拍摄矿难

一具尸体从矿坑里抬出来
又一具尸体从矿坑里抬出来
尸体接连不断从矿坑里抬出来

它们并排躺在空地上
脸上沾着血污和煤粉
当听到一声"停"
它们没有表情的脸竟然
残忍地笑了
身子挣扎着坐起来

这些尸体点上烟吸着
说如果再来一遍
会演得更像

侯马

有一个人他自己还记不记得他是谁

有一个人

不知道死了还是活着

这个人我连见都没见过

我听我哥讲有这么一个人

东杨村里有这么一个人

贾老四

实际上他不姓贾

也不叫老四

老四死了

老四的遗孀又嫁了一个男人

村里人说他是假老四

就这么叫了他一辈子

贾老四

2012.9.7

吴涛

哑巴叔打的电话

哑巴叔用我的手机打电话

拨通时我听到一个妇女喊叫找谁

哑巴叔把电话给我　并在纸上写下"陈小狗"

对方嚷嚷："不能找他因为他是哑巴。"她又问有什么事

哑巴叔在纸上写下"想（他）"

那妇女嘿嘿地笑了　俄而说："叫吴小狗来吧。"

我的嘴巴动了有两分钟

两个哑巴的简单通话才完成

哑巴叔眼睛一直盯着我的嘴巴

生怕我说错每个字

末了，哑巴叔又拿着手机贴了贴耳朵

好像他要感受陈小狗的话

这时，哑巴叔才满意地点点头　笑着还给我手机

江湖海

前妻

回国就打我电话

我到她下榻的旅店

十几年不见

不寒暄也不握手

她正逛完步行街回房

站在床头镜前

从容脱掉外衣，内衣

又逐件穿上新的

我正想她怎么这样

她转过脸问我

你觉得这套如何

好像我还是她老公

纪彦峰

我们村是怎么没的

大哥出门去干建筑，嫂子给工地做饭
孩子在市里上学
二哥考大学去了北京，二嫂是山东的
妹妹嫁给了粉刷工，住在了县城

后来，爷爷死了。埋了爷爷。
52只羊，卖了！1头牛，卖了！
葬礼上把1头猪杀了。吃了！
牛圈羊圈都塌了。地没人种，荒了！
再后来，奶奶也死了，埋了奶奶。
葬礼上把鸡都杀了，鸡蛋，吃了！鸡窝塌了。
大黄狗，送人！大狸猫，去流浪了。

大哥在市里，给孩子攒大学学费
妹妹和妹夫筹措买房首付
二哥的小孩需要人照看，父亲退休后
父母一起去北京带小孩，父亲在小区门口摆地摊。
土豆卖了！黄豆卖了！玉米卖了！
谷子碾成米，卖了！向日葵榨成油，卖了！
被褥衣服，运到北京！锅碗瓢盆家具，送人！
破衣服旧鞋，扔了！旧课本、旧作业本，烧了！

一场雨后，院子里长出荒草。

菜地的篱笆，倒了。窗户纸让大风刮干净了。

又一场雨后，山洪冲进烟囱，冲垮了灶台。

爷爷奶奶的坟头，荒草一茬接一茬疯长。

偌大的山，山下偌大的村庄，

只剩下两孔窑洞，像两只深陷的眼睛

黑洞洞地盯着村口。

只剩下村口弯曲坎坷的路，蜿蜒向远方

2012

杨桂晔

跪向
——写给母亲逝世之日

跪向千雪一魂

跪向纸焰温火

跪向七夜道超

跪向四邻瞻别

跪向九父护持

跪向冻土黎明

跪向入棺时分

跪向墓床

跪向风水

跪向青山

跪向福田

跪向百日灯笼

跪向千支佛香

跪向斜光鸦噪

跪向尘渣山道

跪向云端：忽隐约有声音

"你们都回吧……我这去了……"

2012

桑克

四哥

母亲描摹他的乖巧，
当我报复邻居的玻璃，或者
固执地看书。不睬
她的，或者黄昏的指令。

他似乎大我六岁。
但在家中，我从未见他现身。
或者出门旅行，或者
在寄宿学校受罪。

我怀疑没有这个人，
是母亲为驯服我而虚构。
初二那年，三哥却说：
是饥饿要了他的命。

那是罕见的饥饿，
饿殍遍野，他只是其中一个。
若他活着，他才是四哥。
而不是我这个蠢货。

哦，我是代他活着。

所以，我必须不苟言笑，

所以，我必须要小心

即将的饥饿或与此相似的。

2006

吕 约

欢爱时闭上的眼睛

欢爱时闭上的眼睛
在仇恨中睁开了
再也不肯闭上
盯着爱情没有看见的东西

欢爱时的高声咒骂
变成了真正的诅咒
去死吧，去死吧
直到死像鹦鹉一样应和
喊着爱情没有宽恕的名字

2008

唐突

弥撒

这条很像狮子的狗
它又走过来了
在林荫道斑驳的暮色里
不紧不慢
迈着淡定　从容的步子
又像一支庄严的进行曲

我在黄昏的草地上拉琴
每当我看到它
我的琴声
就沉缓下来
琴弓带上了一些
贵族的味道

甚至有点儿像
弥撒

2012.7.21

曲有源

人生多米诺

当脐带的联

系突然剪

断头便

撞上

岁

月

用一

个个日

子排列的

多米诺骨牌

它连续地

倒向没

办法

控

制

最后

墓碑阻

止了人生

这一次游戏

起子

当时速超过一百公里，我就变得虔诚起来

雨雪开始下了起来

我开车在高速公路往回赶

在公路的隔离带中间

又一次看到了他——

一个劣质的雕塑

那个被制造出来的交警

笔直地站着

我记不清他在这里站了多久了

每一次路过这里

都能看到他保持着肃立

我一直不清楚

他是什么材料造的

日复一日站着也不褪色

他穿着国家的制服

却不领取俸禄

他有着人的模样

却不用赶着回家过年

他像教堂里的基督那样安静

当我后面的一辆车子

以极快的速度从边道超车上来

又瞬间消失在前方

他的确也像基督那样

原谅了那个司机

他甚至原谅了雨雪在他身上

结起了冰

2013.2.8

姚风

我在中国见到梦露

一九七四年仲夏的某日

在一个无人的角落

我悄悄打开手中的美国杂志

它由K同学身为外交官的爹

冒险从国外带回

封面上的梦露

正在向一个十五岁的中国少年微笑

纯洁，无邪，性感

（我打赌，这词儿决不是中国人的发明）

如明媚的阳光

猛然把我照耀

我也向她微笑

我贪婪地打量她被春风掀起的白裙子

我好奇地想知道裙子内部的秘密

我可以喜欢梦露吗

我可以喜欢如此美丽的美帝国主义吗

我向美利坚致敬

我向伟大的美国人民致敬

他们仅用几代人的基因

就培养出旷世的杰作

一九七四年仲夏的某日

这一天也许平淡无奇

没有天才诞生，没有伟人辞世

但对我来说是多么难忘

在中国

在北京一条灰暗的胡同

我见到了梦露

我的梦想改变了轨迹

我的青春喷着鼻血到来

西毒何殇

戴眼镜的老民工

工地有三四个老头儿
老得就像是
刚从土里
挖出来

干活儿很慢
一个栽警示牌的小坑
需要挖一整个上午
没办法
工头说：
已经找不到年轻人了

他们很少抽烟
埋头
缓慢地
挖土
他们没了土地
玉米
被挖掘机碾压在土里
还有一些坟
挪到

更靠近河的那边

他们从夏天

干到春天

整个冬天

都在挖土

我每天都能见到他们

跟那些爬脚手架干活的

年轻人不同

他们只在平地上挖土

不戴安全帽

却戴着眼镜

每一个

都把眼镜

用细绳子绑在头上

我从没用绳子

绑过眼镜

如果滑下来

我就用多余的手

把它

推上去

2013.3.3

余丛

爱与恨

我爱我母，
掩我口啊！
不畏我馋，
卸我利齿，
母畏我言！

我爱我父，
束我臂啊！
不畏我蛮力，
缚我筋骨，
父畏我反！

我恨我母，
洗我脑啊！
不畏我迂，
耻我智慧，
母畏我忧！

我恨我父，
昧我心啊！
不畏我势利，
养我心魔，
父畏我良！

严力

清明时节的同胞

清明时节的墓地旁
我遇见一群掉队的亡灵
一看就是苦难深重的同胞
比战争还要暴力的毒辣手段
把他们杀了以后没有落葬
一拖就是几十年啊
他们说
离家时儿女还小
算起来，再疯狂的档案
也该到了解密的年限
我热心地上网查找有关的政策
他们说
别费工夫了，
我们被删掉的那个年代，
用刀不用鼠标！

2012.4.5

谭克修

腐烂

腐烂是一种自上而下的传染病

最早由腐烂的乌云传染给酸雨

再由漏雨的屋面传染给楼板

再传染给五保户无人料理的癞痢头

再传染给男人们嗜酒如命的胃

再传染给几个打工少女的宫颈

再传染给众多寂寞大婶的膝关节

再传染给成片荒芜的田野

再传染给穿村而过的 S312 省道

现在这条通车一年的水泥路已彻底腐烂

正在将腐烂传染给地下的人

2013.2.15

景斌

敌营长

从昨天晚上

敌营长就钻进键盘

一遍遍地干着坏事

当然

是我让他这么做的

我让他去村子里放火

强奸妇女

往人身上扎刀子

然后掠走老百姓的牛

然后生吞那只老母鸡……

他都做了

而且做出了精彩

后来我对着一段文字瞅了瞅

还行（我是说很生动）

唯独一样不尽人意

那就是

连我都忘了具体的年代

符符

伞兵
——给我的亲戚李苇和小安

半夜的天空

那些好的伞兵

伞还没打开

就已经睡着

周琦

降生

母亲的肉体是我一生中最华丽的衣裳

2001

张甫秋

等，天使飞过

我知道深夜

我打开单机游戏，的感觉

我知道深夜

抚摸半干衬衫，的感觉

我知道深夜

捧接掺沙自来水，的感觉

我知道深夜

贴靠余热暖气管，的感觉

我知道深夜

提拉下坠睡裤，的感觉

我知道深夜

干嚼全麦面包，的感觉

我知道深夜

手握冰凉双脚，的感觉

叶子

血社火

正月里耍社火

个子小，我站在人前头

队长说，把这孙子绑了

几个娃娃高高过来

给我安装上木腿

我说我不会走路

队长说，不行

我说我真的不会走路

队长看我额头上冒汗，就说

那就装死狗

几个娃娃过来，把我的腿卸了

我坐在墙上

他们端着颜料跳来跳去

围住给我画脸谱

好了吗，我问

日你先人，别说话

过了一阵我又问

好了吗

日你先人，画歪了你赔啊

我叫人家架到三奔子上

低头

我低头

不准动弹

我不动弹，就这么

三奔子跟在锣鼓后头

锣鼓跟在秧歌后头

一路上，吹吹打打

到了政府门口，镇长笑着放炮

说了些表扬的话　也可能

说了些批评的话

我看见队长点头　哈腰

哈腰　点头

他们朝三奔子望着

这个额头上镶着一把斧头的人

有人指指点点

有人说我死了

有个小娃娃捂住眼睛

我认为很成功

我一动不动

袁源

饥饿史

早饭　午饭　晚饭

早饭　午饭

午饭

饭

饣

反

雷默

立夏

四月彗星一样划过

我的睡眠是夜的皱褶

芍药接过牡丹的衣钵

布谷鸟的歌声像针灸的针

宋壮壮

荠菜饺子

春江水暖鸭先知
那是在水里
我觉得陆地上最先
得到春来了消息的
是挖野菜的大妈
她们动作利索
铲掉春天的乳牙

2013.4.11

杨森君

桃花

我实在不愿承认：这样的红，含着毁灭；

我本来是一个多情的人。

有什么办法才能了却这桩心事。

我实在怀有喜悦，不希望时光放尽它的血。

黄灿然

高楼吟

那些高楼大厦，我爱它们，

它们像人一样忍辱负重，

而且把千万个忍辱负重的人藏在心窝里，

它们比人更接近人，比人更接近天，

比人更接近大自然，但它们像人，

它们的苦和爱是无边的，像我，

它们的泪水是看不见的，像我，

它们的灵魂是纯洁的，像我，

它们像人一样，像人一样，

互相挨着互相拥抱互相凝视，

它们眼睛硕大，炯炯有神，

它们通神，它们是神，

但它们像人一样，像人一样，

它们年轻、健壮、衰老，

皮肤剥落，身体崩溃，

像人一样，像人一样，

来自尘土，归于尘土。

李伟

音乐与田野

在像音乐一样
好听的田野上

左边这块地里
生长着小提琴

右边那块地里
生长着小号和黑管

前边那块地里
生长着吉他和萨克斯风

而在后边那块地里
甚至还生长着古老的竖琴

只有钢琴
这个巨大又沉重的家伙

必须像一台拖拉机那样
从更远的地方隆重地运来

若樱

太小了

绿英里的豌豆太小了
山坡上的紫花地丁太小了
青蛙眼里的天空太小了
蒲公英的降落伞太小了
我站在地图上哭泣，声音太小了
原谅我爱着你，心眼儿太小了

王妃

空位

孩子，如果我睡了，你要明白
这个世界照样醒着，并繁华如初，我所留下的
空位，很快就会有人填补，比如
我所从事的岗位；或者我作为
你父亲的妻子。但
我必须醒着！因为
在今天和明天，有两个位置
我不能让它空着——
你的母亲　我父母的小丫头

2011.1.8

刘天雨

失眠者之歌

心脏跳动的声音

血液顺着管道流动的声音

头发拔节生长的声音

眼睫毛互相碰撞的声音

气流出入鼻孔的声音

肠胃蠕动的声音

膀胱中水晃动的声音

一根压弯的汗毛弹起的声音

电风扇呼呼转动的声音

饮水机定时烧水的声音

水龙头干哑的声音

静电流动的声音

床头闹钟咔咔走动的声音

床板呻吟的声音

塑料拖鞋被压扁的身体慢慢鼓起的声音

角落深处两只蟑螂窃窃私语的声音

窗帘微微摆动的声音

车灯透过窗户落地的声音

汽车更换档位的声音

引擎轰鸣的声音

橡胶轮胎飞速碾过地面的声音

卷起的尘埃在空气中撞击的声音

花木伸懒腰的声音

路灯忽明忽暗的声音

夜虫扇动翅膀的声音

睡在街角的流浪汉梦呓的声音

一个人冲着墙根撒尿的声音

一只野猫踮着脚走过垃圾箱的声音

从遥远的地方传来来历不明的声音

云在夜空中流动的声音

星星像一窝挤挤挨挨的甲虫

盔甲相互摩擦的声音

以及这一切都无法掩盖的

黑夜在反刍白天吞食的生命的声音

2012

马培松

北京真大

北京真大
走了一天
都没有遇见一个
认识的人
直到走到天安门
看见毛主席

李轻松

汉字像一些精灵

每一个汉字都是精灵

都有自己的姿态与思想

它附在今年夏天，一只流行的黄莺

要灭绝所有的物种

它附在空气里，一滴雨饱含着自己

一滴雨要打开一种植物

它附在我的手上，我便开始写诗

每个字都带着自己的翅膀

它附在我的身上，我像非法的动词

风一样暴乱。我替使用说出规范

说出被动式的幸福

从此我不敢亵渎任何一种事物

因为神明突然来到了我的内心……

摆丢

鸡蛋 1985

不小心

把鸡蛋打落

在光溜的黄泥路上

碎了

苗族奈妈懊恼自责

她俯下身

想把鸡蛋收起来

带走，没成功

10 岁的我

正挑禾谷回家

目睹了下面这

铭记一生的画面

奈妈跪下

用嘴亲吻大地

不，是鸡蛋黄

啧噜几声

一吸而尽

2013

天狼

苦命的人

我说李俊是苦命的
当然，也包括他的老婆
他在远离家乡
荒无人烟的山沟
做矿工

每天
井下工作十五小时
地上
除了睡觉的工棚
没别的地方可去

老婆领着孩子
一月一次
到十里外的镇上
取回李俊寄来的工钱
居家度日

这些都不重要
李俊说
还不是最苦的事情

在他看来

最苦的事

是矿上每年给的那几天假

他奔走千里

回到几度梦泣的家乡

却总比

老婆的月经

晚到一步

岳兵

我决定爱冰岛

一些人说

爱上一个人就去西藏

一些人说

不爱一个人就去西藏

还有一些人

张嘴闭嘴把西藏挂在嘴边

其实

我也喜欢西藏

只是喜欢的人太多了

我警惕一切

与人多有关的东西

我于是在地图上

搜索一个同样

荒无人烟

空气稀薄的地方

叫冰岛

我决定爱冰岛

从容

倒车

妹妹，我与你的声音相遇在涠洲岛
二十年前你录了一条广告只挣了七块钱
广告商对你说，你的声音会传遍天涯海角
黑暗的香蕉树下，你在说"倒车，请注意"

我被分配进一间客房412，怎么回事？
怎么会是你的生日号码？
你是提前来涠洲岛等我吗？
我从412房间望出去

比汉堡包要精致得多的层层火山岩
用硬朗裸露的姿势挑逗大海
而大海用一天亲近她，用另一天躲避她
他多像你爱过的男人
他们总是留给你一些细碎的贝壳、小石子
和比"黄金海岸"还要柔细的沙
硌疼你的眼睛

妹妹，更奇怪的是从涠洲岛回到北海
在老街那条窄得只能摩肩抱乳的摩乳巷
我与年轻时的姥姥相遇

她现在不姓陈了，她请我吃了一碗活着时最爱的银耳羹
还与我在菩提树下合影留念

我想到了你，故意让我听到的声音："倒车，请注意！"
你是在暗示我"过去，请注意"！
你们俩站在我到来之前的未来的树下等我吗？
小时候姥姥问，你们长大找个什么样的丈夫？

"像爸爸那样的！"

直到你死去，我们俩都没有找到
难道我们的爱人隐藏在过去的某个拐角？
"倒车，请注意！"

妹妹，你能再透露一点儿吗？
我将在未来的哪一天遇见前世的爱人？
如果他来了，你是让我替你爱他？

秦巴子

马

今天我看见一匹马

在街边停车位上

安静地站着

就像前面和后面

已经熄火的汽车

我走过去

拍拍马的脖子

它没有任何反应

甚至懒得看我一眼

它显然已经不再等待骑手

而我久久不肯离去

我意识到

是我在等

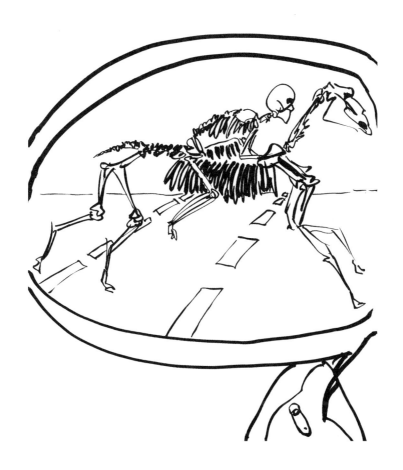

135

潘洗尘

去年的窗前

逆光中的稻穗　她们
弯腰的姿态提醒我
此情此景不是往日重现
我　还一直坐在
去年的窗前

坐在去年的窗前看过往的车辆
行驶在今年的秋天
我伸出一只手去想摸一摸
被虚度的光阴
这时　电话响起
我的手　并没有触到时间
只是从去年伸过来
接了一个今年的电话

海岸

夜宿垃圾箱少年

南方某个寒冷的雨夜
五位少年，夜宿社区街头

垃圾箱，绿底白盖，铁质般冷漠
流浪的孩子们害怕寒冷
从拆迁工地上，收集一把烂木头
钻进垃圾箱，生火取暖
冷漠的城市任其自生自灭
良心失去了底线

南方某个寒冷的雨夜
五位少年，中毒蜷缩垃圾箱

他们的鼻孔冒出最后的白泡
柴火的光亮微弱，一根又一根
回家的灯火，伴梦中飞鸟的温柔
世界失去温情
惊慌的天使也折了翼
栖息垃圾箱的孩子找不到生命的出口

南方某个寒冷的雨夜
五位少年，殒命街头垃圾箱

李岩

巍巍昆仑

这是个电影名字

这不是个电影名字

这是个老掉牙的故事

这也不是老掉牙的故事

这是一座山

这也不是一座山

这是个神话

这不是个神话

这是大地上走过一支灰色的队伍

这也不是大地上走过一支灰色的队伍

这是他们颂扬的神迹

这也根本不是什么神迹

这是个绕口令

这也不是个绕口令

2013.2.23

东荡子

让他们去天堂修理栅栏

鱼池是危险的，堤坝在分崩离析
小心点儿，不要喊。不要惊扰
走远，或者过来
修理工喜欢庭院里的生活
让他们去天堂修理栅栏吧
那里，有一根木条的确已断裂

许立志

悬疑小说

去年在网上买的花瓶

昨天晚上才收到

实事求是地说

这不能怪快递公司

怪只怪

我的住处太难找

因此当快递员大汗淋漓地

出现在我面前时

我不但没有责备他

还向他露出了

友好的微笑

出于礼貌

他也对我点头哈腰

为了表示歉意

他还在我的墓碑前

递上一束鲜花

2013.6.6

凸凹

钉子与墙

我在墙上钉钉子
可是，钉一颗弯一颗
始终钉不进去

"我不相信！"
我这样对自己说
并搜罗完家中所有钉子
直到把最后一颗钉弯

我相信
仅仅是为了叫我"相信"
这面墙才让所有的钉子弯曲

双子

每个小区里都有几个尖叫的孩子

撩开窗帘

朝下望去

你总会在小区一角

发现他们的游戏

总是这样

即便你不去看他们

即便你紧闭窗户

把自己活埋在沙发里

在一本遥远的阿根廷小说里

他们仍会继续尖叫

小孩子的声音很尖

尖得足够到达阿根廷

他们的尖叫有时

遥远而神秘

像布宜诺斯艾利斯的女人

可只要他们想

就会随时把你从一个叫玛利亚劳拉

或者随便什么的女孩的

房间里揪出来

拎到他们的游戏中去

黄海

去动物园

我经过那片草食区

看见梅花鹿　长颈鹿　斑马

它们低头看着草

我在百鸟园观看

孔雀　火烈鸟　鸵鸟

它们不看人

我隔着铁笼子

看见了狮子　老虎　棕熊

它们盯着看人

在动物园里

我看见的动物群雕

它们是犀牛群雕

河马群雕和大象群雕

有人用手抚摸

它们没有表情

人隔着人看

我隔着人看

谁在动物园看人

德乾恒美

女人

是啊
我该如何形容一个女人
一个我倾慕的女人
她伫立荒原
像一匹马
打着响鼻
远远盯视着我
我慢步过去
摩挲着她的鬃毛
她黑色的眸子
眨动的长睫毛
肥硕的臀部
不时浑身打颤
甩开白色的长尾巴
多么标致啊
如果可以溯源
在哺乳动物分开的太古时期
她是否犹豫过以后成为
一匹如今的牝马
或者经过刀耕火种
食肉寝皮
直立行走
成为一位灵长的美人儿
向我走来

沈浩波

理想国

那些名叫柏拉图的家伙

那些心眼儿坏掉的家伙

那些把自己当成国王和法官的家伙

那些梦想给人类

指明方向的家伙

那些肥胖而鲜艳的虫子

挥动隐蔽的毒毛

赶走狼和狮子

赶走绝望的少年

赶走淫荡的妇人

赶走疯子和乞丐

赶走小偷和强盗

赶走撒旦

赶走不听话的耶稣

赶走诗人

赶走我

别

无需你们驱赶

我只是过客

来瞧瞧你的家园是什么样子

我已经看明白了

理想国

不配住下我和疯子

马非

一把铁锹

雪后中午

在麒麟湾公园

偏僻的一角

一小片树林之间

我看见一把铁锹

支在其中一棵树上

还有两行脚印

从我站立的小径

迤逦到那里

这时一束阳光

从枝杈处倾泻而下

铁锹猛然一颤

仿佛活了

闪闪发光

逼人眯眼

白雪也顿失其白

惊起两只乌鸦

和一伙麻雀

扑棱棱四散开去

南人

久出归来

久出归来
他看到她在阳台上
摆着三把椅子

2013.10.31

洛夫

等待报废

我没有更多的零件可以报废

报废与否
先得请示我的锈
藏在内部某处余温尚存的
炉火，以及颅内
一个重要的开关

等等，有些事情得弄清楚
刚种植的两扇门牙
正在成长，生机盎然
染发纵使虚构了一段历史
也不能诬我颠倒黑白
而，镜前刮须
即便望文生义
你也不能把这一小撮的白
说成报废之物

我思量报废的意义，代价与后果
岁月悄悄地报废了
如烟

烟也报废

鞋子报废

路，想当然也报了废

书籍报废

黄金屋立刻报废了一大片

军衣报废

将军与铜像随之黯然报废

最后，一把傲骨

松动，开始摇晃

正等待

一阵轰然的

报废

杨艳

望穿

弥留之际
为了方便
外婆被转移
到一楼的房间
现在
我正躺在她瘫痪后
躺了近三年的床上
盯着天花板
我想从那上面
找出几个洞来
外婆是否曾通过那里
看见天堂的样子

2013.12.14

李勋阳

绕口令：从六世达赖到仓央嘉措

喇嘛喇叭
喇叭喇嘛

喇嘛念经
喇叭开花

喇嘛念经成为喇叭
喇叭开花成为喇嘛

喇叭不让喇嘛念经成为喇叭
喇嘛不让喇叭开花成为喇嘛

唯独这一个
不用念经
也不必开花
本身已是
一个
喇叭花

唐欣

晕眩记

晕眩　以前他多次写过这个词
但直到今天　才真正体会到了
同时来的还有　恐惧

头脑里居然刮起了风暴
他躺下　却又像荡秋千似的
从某个高处迅速滑下

这是崭新的感觉　但它到来了
这就意味着　他会慢慢熟悉它
并且接受它吗

迎着朝阳　大步行走在
护城河畔的公园　原来有
那么多的人　已经出发了

背负着血压监测器　在地铁上
他获得了礼貌的注视
但没有获得让座

候诊室里　他和一群老人

并肩坐着　别的事情他都迟到

这回却赶了个大早

医生叮嘱说　不要激动

他答应了　但是一个人

只要　不是一株植物

又怎么可能不激动呢

何况　事情又是如此令人激动

2013.7

左右

命

我挖了一个坑。挖了一会儿
看着它
又把它埋上。我为命运埋下的纸钱
没有人会知道

2014

艾 蒿

江油行

缺钱

不够出名

拿不出什么

送给朋友

除了写诗

能以诗人的身份

得到一次

出行的机会

对我来说

有如人生大事

无数次

我体内的

另一种声音

提醒我

不要表现出

过分的享受和贪婪

我做到了

朋友说我有些

沉默寡言

陈默实

广场上

广场上全是人
人与人之间，全是空气

黑夜来临，人群散去
只有空气留了下来

只有空气，蹲在广场上
清理一下凌乱的自己

短暂的平静之后
空气与空气之间，全是人

把空气呼来呼去的
全是人

157

张明宇

街口

人跑光了
只剩下几个大盖帽
在路边
吃馄饨

晓音

失眠者的墓志铭

从这里走过的人：

如果你是早晨路过我就问候你：早上好

如果你是正午路过我就问候你：正午好

如果你是黄昏路过我就问候你：黄昏好

如果你是晚上路过我就告诉你：晚上非常不好

2013

瑞箫

阿凤

天井里的阳光丝丝缕缕

冯家大小姐阿凤
站在潮湿的青砖地上
晒太阳

四周都是黑暗

我梦见
她还年轻
她穿着镂金的旗袍
玻璃丝袜高跟鞋

她独自玩着纸牌游戏

2003

160

江湖海

盲琴师

我常跑上三里地

到盲人的屋前

听从他大声的吩咐

再爬二里坡

采回凝固的松香

那时我还小

不会用树的乳汁比喻松香

松香烫到二胡嘴上

乐音山泉般哗哗流淌

邻家吃奶的孩子

睁大眼睛停止吸吮

我也整个儿傻掉

盲琴师死去已经多年

琴声刻录在山石上

我每次回老家都会听见

2014

闫永敏

在长城上吃什么

我明天去北京看长城
我兴冲冲地对同事说

你最好带些吃的
长城上的东西不便宜

我带馒头
和咸菜

你一定要在长城上
丢人吗

我开玩笑的
我带牛奶和面包

祁国

做爱做到一半

突然懒得动
就趴在上面看起了报纸

看报纸其实也没什么意思
只是想找找上面的错别字

叶 臻

生育的事

姐姐大我六岁
六年间
处在生育旺盛期的母亲
居然没有生育

姐姐生于 1957 年
我生于 1963 年
母亲说
这六年间
我们村饿死了好多人
中国饿死了好多人

母亲又说
生育哪是人的事
是粮食的事
是米和小麦的事
是树叶树皮的事
是观音土的事

2014

牛汉

无题

我和诗，一生一世相依为命，
从不懊悔，更没有一句怨言。

六十年来，在遥远而虚幻的
美梦里，甘心承受现世的苦难。

经历了一次苦过一次的厄运，终于
在苦根里咂出了一点儿未来的甜蜜。

未来的甜蜜本是为下一世人生酿的，
尽管眼下还尝不到一滴，却已经

神奇地甜透了我已逝和未逝的人生，
写诗，还不就是为了这点儿尝不到的甜蜜吗？

2000

纪弦

帽子的戴法

把帽子戴歪些
这便是一种叛逆的精神，
一种反传统的表现。
五四以来，
作为一个诗人，
我一向如此。

而那些戴得很正的，
不一定全是君子：
其中可能有个间谍，
有个毒枭，
有个三只手，
或者是个不忠的丈夫。

余丛

现实一种

到黑夜的光里去作恶
到哭泣的泪水中收集盐

到真理的阴影里去唱赞歌
到死亡的绝境里求生存

到风暴的中心去享乐
到爱的伤疤上寻觅痛感

到大海的浪花上采蜜
到傻子的快乐里打捞生活

到倒车镜的风景里偷窥
到马桶的下水道里漂流

到光阴的皱褶里玩权术
到梦的奇遇里去练习倒立

余跃华

贪

葡萄丰收的夜里
葡萄们
自己吃自己

葡萄吃葡萄
不吐葡萄皮

2013

周鸣

草之仇

一群牛羊，在草地上吃草
那些疼痛的草根
显得比牛羊还要安静

因为草根们知道
在来年的春天
肯定会有自己的子孙
生长在牛羊的遗骨上

莫渡

我保留着对马的记忆

我保留着对马的记忆

保留着

对粗暴和智慧的记忆

这使

一匹马失去

巨大睾丸的智慧

来自懒汉和屠夫

他们

一边磨着刀子

一边欣赏

撂倒马匹后

人们满脸的兴奋

清油已经冷却

屠夫手法笨拙

数刀

划开

马的阴囊

硬着头皮将手

探入其中

……一双睾丸

跳动

在沾满血的手心

大功告成

我记得一匹马

瞳孔中

残存的黑暗

那是四月

苍蝇疯狂繁殖

为一匹马

胯下

流脓的伤口

像

一张嘴巴

充满腥臭

一遍遍喊着

"鬃毛"

鬃毛

已熄灭

那被马扑倒的

村妇已经老死

多年后

在我的写作中

忽略了

马

滴入

空马槽中的

泪水

——一匹被骗掉的

马

变成真正的畜牲

2014

潘洗尘

写于斯德哥尔摩

去瑞典写首诗
是件重要的事儿
写不出来没关系
那就回来写

不管在哪儿写
都"写于斯德哥尔摩"

伊沙

人民

下午散步时间

我从丰庆公园东门

走出

看见马路边有个少妇

支在单车上打手机：

"喂，陈园长

你只要把我娃收了

我在五万赞助费之外

再给你个人一万块

咋样？……"

在其身后

单车后座上

坐着一个

三四岁的小男孩

我沿路向前走出

一段路之后

在夏日午后

暴晒的阳光下

有点儿想哭

不是出于心有感动

而是因为不为所动

见惯不惊

习以为常

我想向我也身在其中

逆来顺受忍辱负重的

伟大人民

致敬

李异

冷月亮

从窗子的一角

瞥一眼过去

这个城市

的灯火

像一艘船骸

在深海

散落

的

金币

刘 强

风

吹点儿什么呢

比如尘土

比如柳絮

比如枯叶

比如水面上细小的波纹

它在吹

一直在吹

没有憧憬

不懂得怀念

吹醒的就醒着

吹灭的就灭去

蒋涛

梅西吉祥

梅西

身着阿根廷国家队球衣

站在

吉祥村村口

身着阿根廷国家队

10号球衣的

小伙儿

脚踏着一只

非世界杯指定用球

脚踏着一只

摩的踏板

焦急地等客

2014

游连斌

肚脐

是一道伤疤
是一道好了忘了疼的伤疤
是一道好了忘了娘的伤疤

2014

么西

完美生活

我的头发
自然天生卷
很多朋友，特别是
女人们
都表示羡慕
说以后生个女儿
遗传这一头卷发
不用烫
就能收获如此美好

其实，你们都不知道
我当时的心情
从小到大
我的亲妹
唯一令她
不断烦恼和折腾的就是
那一头的卷发

她追求完美的发型
不厌其烦地
将它们
——拉直

维马丁

报摊

"晚报!
晚报!"

早有早报,
晚有晚报,
不是不报,
时候未到!

庄生

在超市

在超市

我看到一位老太太

她买花生米

就拿花生米往嘴里嚼

买葡萄

往嘴里塞

也不怕酸

买柿子

捏碎了一颗

好的

买咸鱼

把鱼拿到鼻子底下

猛嗅

最后

买单时

不忘

在卖衣服的摊子上

抹干净双手

独化

诗意之一种

家住廉租房

大人们

卧病在床

孩子们

奖状满墙

西娃

墙的另一面

我的单人床
一直靠着朝东的隔墙
墙的另一面
除了我不熟悉的邻居
还能有别的什么?

每个夜晚
我都习惯紧贴墙壁
酣然睡去

直到我的波斯猫
跑到邻居家
我才看到
我每夜紧贴而睡的隔墙上
挂着一张巨大的耶稣受难图

"啊……"
我居然整夜,整夜地
熟睡在耶稣的脊背上
——我这个虔诚的佛教徒!

杨森君

九月

一株斑绿的狼胖胖草
在脱身上的皮
它裂开了一块

——力量刚好
把一只伏在它上面的红色甲虫
弹到了一米以外

秦菲

沉默的男人

沉默的男人好似柏林墙
你想连夜扑倒他
好去西柏林看风景

王有尾

蒋涛

太白楼大厅
诗人们站在一张
偌大的青铜地图上合影
天南地北的诗人
纷纷在青铜地图上找
自己的故乡
蒋涛的奶奶是日本人
只见他一脚
踏上了日本列岛
在快门摁下的瞬间
又滑向了琉球

2014

侯马

十九个民工

十九个民工扛着铁锹

不，是五个民工扛着铁锹

不，五个民工可能也没扛着铁锹

不确定拿什么工具在桥上干活

两个打瞌睡的民工开着拉渣土的卡车

卡车一下把五个民工撞下桥

又撞在栏杆上

两个打瞌睡的民工连同一车渣土

倾泻而下把五个民工埋里了

救援人员迅速赶到

决定把人尽快挖出

他们找来了十二个民工

十二个民工扛着铁锹赶来了

奋力铲挖

很快挖到了没有呼吸的七个民工

2014

韩东

某一世

我在密林中奔跑，
赤身裸体，
光线如标枪嗖嗖。
折断绿色枝条，
洒落殷红血滴。

我的妻儿还在篝火边睡觉，
岩洞是祖先渴望的眼窝。
即使在梦中我也疲于奔命，
却倒毙于真实的丛林——
生命之火熄灭了。

西毒何殇

卖红薯的人不见了

只剩下烤红薯的炉子

还在路边

自己烤

炉子旁边

排起了长队

可是

卖红薯的人不见了

有个女孩抱着纸盒

有个男人蹲在路边

卖橘子的担子

和臭豆腐车大声吆喝

傍晚的人流

把暮色和行色

挤出汁儿

收停车费的大婶

奋不顾身追一辆企图逃费的奥迪

公交车站

有人打起来了

惟有烤红薯的炉子前

秩序井然

可是卖红薯的人不见了

起子

等太阳降下来

下午
我坐在讲台前监考
其实我并没有
看下面坐着的学生
而是一直在看
窗外的太阳
我等它慢慢降下来
降到和我平行
它就从窗户外照进来
照在我身上
给我涂上一层金黄色
这就到了收卷的时候
孩子们
我祝愿你们
前程似锦
但是
现在都给我停笔

2014

雷暗

薄情书

从小学到初中，在我最熟悉的人
我最敬佩的人我最难忘的人
诸如此类的命题作文里
我所写到的那些人
没有一次是你
唯一一次写到你
是这样的
"冻死我
我也决不再穿葛祥云给我套的臭棉衣"
那是我在同高一（3）班的马小彬
为了两毛钱斗狠
他和他爸妈告状告到娘跟前
娘手拎扫把大声追着骂着咒着我的
时候
所以，老天罚我
罚我这辈子永远只能是个时常伤心的
矮个儿

蒋涛

圣诞树上挂着羊肉串多好

圣诞树上挂着羊肉串多好
圣诞树一样的铁架子
里面是熊熊大火
肉嗞啦嗞啦地唱着铃儿响叮当
卖火柴的小女孩
一人先来一串

2014

194

苏不归

只有手机还在跳动

元旦清晨
睁开眼
便传来新闻
35人殒命于外滩
守望新年倒计时的人潮中

我震惊
连忙推醒身边人
告诉她这一噩耗
而令我真正悲伤的
是后面一则现场记录：

急诊大厅躺了一片人
有老有小
唯一相同之处是都没呼吸了
好多死者口袋里的手机还在震动
打开来全是亲友的
新年祝福信息

2015

张伺

在超市

一只被五花大绑的螃蟹

踩着许多

被五花大绑的螃蟹

挣扎着

正从 26.8 元区

向 36.8 元区

艰难爬去

2015

吉狄马加

耶路撒冷的鸽子

在黎明的时候，我听见
在耶路撒冷我居住的旅馆的窗户外
一只鸽子在咕咕地轻哼……

我听着这只鸽子的叫声
如同是另一种陌生的语言
然而它的声音，却显得忽近忽远
我甚至无法判断它的距离
那声音仿佛来自地底的深处
又好像是从高空的云端传来

这鸽子的叫声，苍凉而古老
或许它同死亡的时间一样久远
就在离它不远的地方，在通往
哭墙和阿克萨清真寺的石板上
不同信徒的血迹，从未被擦拭干净
如果这仅仅是为了信仰，我怀疑
上帝和真主是否真的爱过我们

我听着这只鸽子咕咕的叫声
一声比一声更高，哭吧！开始哭！
原谅我，人类！此刻我只有长久地沉默……

卓仓果羌

加德满都

如果你找不到我

我肯定在加德满都

在博达哈大佛塔旁

一群鸽子喂养着我

你会看到一个长发飘飘的流浪者

黝黑的脸膛

浑身是尘土

坐在一块阳光灿烂的地方

喝着一杯施舍的奶茶

抽着丢弃的烟屁股

想念着遥远的亲人

2014

单永珍

十四行：新年的第一首诗

如果把光阴当成散步，如果
一个人知道痛心疾首
那肯定是内心扭曲者，被一根枯枝
在额头上画了一道皱纹

到了忏悔的时候了，主啊
我有罪。在中年的肩膀上
我驮不起生活的真相，还有
那些被我虚构的日子

我尊敬你们，那些瞧不起我的人
因为我贪恋酒杯
喜欢和一些小权贵厮混
在昏睡中念着赞美诗

我有罪，主啊
从今天开始，我说实话

蓝敏妮

断魂

一座桃木小桥在村寨古桥头架起
离家多年的远人归来，皮鞋在桃木上腾跃
跟从道师冥冥念叨
"魂随我来""健康平安""大富大贵"

古桥的椎骨暗里节节松脱
它的弧度是所有母性的背脊
牛的，羊的，人的，以及雾色的生灵
有脚步踩得越来越近
咔嚓一响
"忘祖的人必然魂断"
一块块巨石走回山冈

茗芝

不要站在风口说话

爸爸
不要站在风口说话
你看风
把你的话捉走了

2015

梅花驿

情诗

"你是我的
你是我的"
我无数次对你说
你的眼睛是我的
（秋波是秋天的）
你的鼻子是我的
（鼻窦炎是春天的）
你的嘴唇是我的
（热吻是岩浆的）
你的脸蛋是我的
（羞涩是苹果的）
你的乳房是我的
（乳汁是孩子的）
你的秀发是我的
（偶尔的白发是岁月的）
你的附件是我的
（附件炎是没有的）
你的八十岁是我的
（十八岁是照片的）
如果你
走到了我前头
你的骨灰也是我的
（墓碑是大地的）

蓝 蓝

建材西路

妈妈带着她的两个女儿出门，
三棵杨树走在路上。

这不是没有可能的事——

三棵杨树走在路上，棉花小狗
跟着她们。木头鸽子骑着柳絮带路。

没有人感到吃惊。清洁工在跳扫帚舞
一辆公共汽车央求
扛着站牌疾奔的退休老人停下脚步。

三棵杨树手拉手，骄傲而碧绿
风把她们干净的布裙子吹得闪闪发亮。

那是妈妈带着她的两个女儿
走在西三旗建材西路上。

北岛

晴空

夜马踏着路灯驰过
遍地都是悲声
我坐在世纪拐角
一杯热咖啡：体育场
足球比赛在进行
观众跃起变成乌鸦

失败的谣言啊
就像早上的太阳

老去如登高
带我更上一层楼
云中圣者擂鼓
渔船缝纫大海
请沿地平线折叠此刻
让玉米星星在一起

上帝绝望的双臂
在表盘转动

轩辕轼轲

姥爷的礼物

姥爷在百货大楼上班

八月十五前夕

他回家就给我捎一袋月饼渣

那是卖完月饼后

他从柜台上的白铁皮匣子里倒出的

这成了我的美食

我把脸埋进塑料袋里吃

完了还舔舔

我对月饼都不感兴趣了

只喜欢吃月饼渣

对仰望月亮都不感兴趣了

只喜欢把脸埋进

碎了的月光里

2015.1.6

姚风

白夜

我的心中充满了黑暗

什么也看不见

甚至那些声音

也像一块块黑布

蒙住了我的眼睛

我渴望光明，永远的光明

我对一位欧洲女诗人

诉说了我的苦闷和希望

她告诉我

在她那个寒冷的国家

许多人因为漫长的光明

不是精神失常

就是自杀

曲有源

岁月催人老

是岁月蒙上
驴的眼睛
催它不
停地
重
复
磨道
但不知
又在米面
里掺了什么
让一代又
一代人
食用
之
后
都不断老去

蒋雪峰

减肥

吃了多少头牛
吃了多少头猪
吃了多少头羊
吃了多少条鱼
吃了多少只鸡
吃了多少只鸭
吃了多少山珍野味
吃了多少海鲜
吃了多少……

吃了几十年
吃得只剩下
满嘴假牙

天上飞的
地上跑的
水里游的
堆起来就是一座肉山
噫吁嚱！危乎高哉！

现在我要把它们
一两一两地
吐出来……

刘强

内心生活

她哭了一声
好像不该
就停了下来
就偷偷地往外
看了看
没有谁证明她的哭
因为她哭过了
她记得
哭的里面很空
那么多的光射过来
也没射中泪珠

李勋阳

24 只右鞋

被人叫做"阎一腿"

的孤寡老人去世了

收殓时

人们在他床下发现有

23 个全新的单只右鞋

他们给他在左脚

配上一只新解放鞋后

将剩下的 24 只全新的右鞋

放进棺材里给他陪葬

韩敬源

四菜一汤

提溜着十多万现金
到乡下完成扶贫任务
车子飞奔
山路艰难
带着钱来的客人最喜欢
乡长口气幽幽地说：
不好意思啦！按照规定
只能安排四菜一汤
我们八个男人
稀里哗啦
转眼就饭菜空空
乡长把衣袖一挥
挥走落山的一片云彩——
撤掉，再来四菜一汤

2015.1

春树

画展

你知道我的画展最少的时候来了几个人吗？

四个。

我、画廊老板、我一个朋友，专门从丹麦来的

还有一个老头儿

迷路了

他住在旁边的养老院

推错了门

走进来

看见一幅画

非要买

说："这像我！"

2015

213

阎永敏

心碎得像饺子馅儿

她又说她的那些事
我听得昏昏欲睡
当她说出从未说过的
"心碎得像饺子馅儿"
我一下子来了精神
称赞她说得有趣
但她更难过了

易小倩

来不及了

来不及了

城管已经来了

卖烤串的小伙子

加快翻动着

架上的烤串

其中就有我的两串

城管等得不耐烦了

打起了哈欠

来不及了

我的两串还没有烤完

他越翻越快越翻越快

油滋滋叫着

滴下来冒起

一朵朵小火花

直到把我的两串烤完

装好

递到我手里

他才松了一口气

然后像被抓到的

罪犯一样

认了命

二月蓝

半夜的时候风来过

风趁我不在的时候

先在门外假装徘徊，它并不

蹑手蹑脚，而是大大方方

推门而入。将带着我体温的房间

以及房间里的好书，一本一本

粗鲁地抚摸

就像中学时代几个小毛贼

趁着月黑风高，摸到胆小的女生宿舍

一件一件取走宿舍里的衣物

而胆小的女生们眼睁睁看着，不敢出声

王小龙

最孤独的地方

这世界最孤独的地方
在足球场上的禁区
可怜的守门员
要命的点球

这世界最孤独的地方
在开幕式的酒会
你们熟练地点头致意
其实心都在别处

这世界最孤独的地方
在酒后醒来的床上
更糟的是想不起有什么可以操心
这一天只好用来后悔和忧伤

这世界最孤独的地方
在殡仪馆的吸烟处
一个个吞云吐雾洞穿红尘
送的却不是同一个人

这世界最孤独的地方

在写下这几句的攀爬中途
你不抠紧分行的石缝
这首诗会摔得粉身碎骨

所以，此时此刻
这世界最孤独的地方
就在你屁股底下
还找什么归宿

朱剑

开网店的朋友送我一把弹弓一直没用

从 33 楼我家阳台

我看到的鸟儿

与我小时候

用自制木弹弓

打下来的

完全不一样

不是飞在空中

而是从脚底

低低掠过

眯眼望去

只能看见鸟背

背后开枪

不是好汉

2015.4

游若昕

冠军

我是精子

在妈妈的肚子里

和别的精子们赛跑

我奋力奔跑

第一个

到达终点

成了冠军

如果我不跑

快点儿

如果我不是

冠军

这世上

就没有我了

2015.2.22

张进步

感动

我在这世上遇到的动人的事物
背后总是站着某个人或某些人
有时候我刚以为后面没有人了
却在背后看到满目泪光的自己

2015

李茶

啊

如果我想让老公干活
句末会加"啊"
比如
烧壶水啊
倒垃圾啊
关电视啊
但如果他想让我干活
从来不。

徐江

祭李白

碎叶凝风沙，巴蜀映月华

长河几万里，妙句敛烟霞

远承屈子、景、宋之绝韵

近接二谢、鲍、陶之英华

前迎子昂、贺八诸妙意

后启少陵、东坡、山谷众星纷纷而来下

噫吁嚱，金星太白

你是汉语众星中最璀璨的那颗

你是酒鬼中的神，岁月推送的豪侠喧哗长廊中

胸怀沉默的那个人

你是诗史里的整张大陆

你是在岁月里把整张大陆无限铺陈下去的那个人

众生祭你，是因为没有你，盛唐将一无是处

诗人祭你，是因为你展示了诗的无用之用，

你让汉语

同时拥有了江水样的浩瀚、狂暴与沉静

在高傲中收拢孤寂

在狂啸中锤炼心灵

你是最前面的那一个

抛除说教，翻云覆雨，只忠实于心

在美的面前迷醉，向着岁月和流云

举起夜光之杯

笔落千年惊风雨，诗成何止泣鬼神
人道圣贤皆寂寞，岂知诗者永留名
我自掷笔向天笑，山河掩映华章中

伏维
尚飨！

2015.4.16

阎安

鸟也喜欢低矮的地方

我见过飞行中的鸟
我相信飞行的本性是向下的
作为一种命运　飞行更能说明
事物向下的本性并不可耻
鸟们也是上帝的孩子

我曾注意观察鸟在低矮处的情景
在低处　就着半浑半清的一处水潭
鸟们随意地洗濯凌乱的羽毛
随意地喝上几口润润嗓门儿
之后
一只鸟和另一只鸟
在几根乱草之下随意地捉捉虫儿
或者连虫儿也不捉
只是无声地挤在一起
挤了又挤　表达同类间的情意
包括那些性格孤僻的鸟
它们离群索居　形影相吊的样子
就像人类自己的孩子
同样惹人爱怜

正如我相信飞

我也相信　我们更了解低处的事情

飞行之外

鸟也喜欢低矮的地方

张小波

深情

不要在意我们将成为尸骸

不要在意尸骸将沉入泥土

不要在意泥土会填满眼眶

不要在意眼泪还会渗出

多余的头发，婴儿的头发

还会

在泥土里生长

不要在意被穿短袜的儿童

踢出我们的骷髅

他和她，一排排摆正

这深沉的军队

这露出神秘笑意的军队

这撕掉臂章的军队

不要在意他们抠出眼眶里的泥土

只是，只是泥土坚持自身的视觉

转向孩子们的上空

骷髅调整站姿，使之更适合思考

不要在意一队重型卡车碾过

孩童奔逃，鸟群高飞

不要在意一把巨斧收集的海水

供祭奠之用

在更深更深的深渊

那枚紧咬手指的戒指

悄然松开了。哦，鸟群高飞

哦，孩童奔逃

孙家勋

广场舞

世界上本来没有广场
跳舞的人多了
就有了广场

凸凹

蚯蚓之舞

鸟的舞
排开雾

鱼的舞
排开水

人的舞
排开人

没有比蚯蚓
更困难的了

蚯蚓的舞
排开土、排开大地

蚯蚓的舞
排开地狱，和亡灵

为了这天塌地陷的柔柔的一舞
蚯蚓把体内的骨头也排了出去

蒋一谈

仙鹤

纽约中餐馆的窗玻璃上
画有一个彩色仙鹤

我看见一个东方男人
走过去又退回来
站在窗前细细端详

他的肩膀斜了一下，接着
右腿微微向上抬了一下
仿佛想骑上去飞回故乡

李宏伟

如此的蓝，让我坐立不安

天空如此的蓝，醉汉戴一草帽风出门，让我坐立不安
土地如此的蓝，向导双手抹满野蜂蜜，让我坐立不安
房屋如此的蓝，三万尺水井围住院墙，让我坐立不安

河流如此的蓝，过河的人成为第三条岸，让我坐立不安
山坡如此的蓝，撕开衣服露出玉米颗粒，让我坐立不安
输电塔如此的蓝，高压线渡不过几只寒鸦，让我坐立不安

车辆如此的蓝，柴禾的根烧成灰烬的图，让我坐立不安
马匹如此的蓝，展开翅膀向火取暖，让我坐立不安
沥青如此的蓝，停下道路听取树的誓言，让我坐立不安

果实如此的蓝，头发向内生长，让我坐立不安
红色如此的蓝，拍一下转身大喊，让我坐立不安
北方如此的蓝，种下教堂只露出尖顶，让我坐立不安

疯狂如此的蓝，走过来唤醒，让我坐立不安
颤栗如此的蓝，掌声失去层次地回响，让我坐立不安
收获如此的蓝，有嘴者一起咀嚼，让我坐立不安

妻子如此的蓝，望向方言外面，让我坐立不安
女儿如此的蓝，用沙滩创造海洋，让我坐立不安
九月如此的蓝，倒下的会再站起来，让我坐立不安

北岛

出发
——给 TT 二十四岁生日

星星钟表店

敲响十二个时辰

茫茫云彩路

转动二十四座山

候鸟伴你出发

字印满大地

浪翻书，风诵读

树获根的含义

233

八音盒用歌谣

守护那最年轻的神

坏脾气的茶壶

教会你品尝风暴

现实是另一场梦：

满天伪币风筝

雷休克，火结冰

棋盘王国布下迷阵

那些病危者
散布盛世的谣传
惟有守夜人
穿过黎明防线

阴转晴，彩虹
带动四季的转门
星星钟表店
敲响十二个时辰

235

蓝蓝

发表

我的诗都有署名。
我的诗都有一个收到的人。

箭镞飞来时
必定会有一个前额迎接，
我爱它光明的固执；

我爱伤口勇敢的裸露
虫子无法忍住对血的赞颂——

当膝盖对我说话
这首诗将不再发抖。

这是一个女诗人对隐私的出版
永恒的海洋和群山——书桌在起伏。

赵立宏

写诗的母亲

母亲是县里的

老余吾中学毕业

两年前

一个人在老家的母亲

也开始写诗

一次

在诗友周晋凯那里

看到母亲

又在县文联的

刊物上发表了诗歌

就专门打电话

给母亲

说这件事

快乐的母亲

情绪高涨

就像回到初心的少女

多像祖国上世纪

六七十年代的

文艺小青年

让电话这头的我

几乎泪流

鸿鸿

翻译软件

替我把英语翻译成英语

把中文翻译成中文

把站着的中文翻译成坐着的中文

把室外的英语翻译成室内的英语

把呼吸翻译成喘气

死亡翻译成越来越甜的记忆

把一根烟的时间翻译成

960 万平方公里的雾霾

把行走翻译成行走

不管你走到哪里

最后剩下的

就是我们称之为诗的东西

而漏失的

是一个孤独的人

整整的一生

李少君

灵山

山是此地最膜拜的一尊神
位居中央，白云拥趸
所有的事物都向它靠近，聚拢
簇拥周遭如莲花围绕守护

春风宛如一场浩大的盛典
在众鸟和昆虫的鸣奏声中
花草树木——向山的方向匍匐
俯首朝拜，承受天雨的洗礼

佛以太湖之水显灵
佛略施功力，每一朵浪花开始念经
阿弥陀佛，阿弥陀佛
每一声都在为世间万物加持

陈仓

房顶之上

我偷偷地从外边带回一盒套子
是免费的
把夫妻间必备的薄膜一直用了三年
儿子已经长大，这些存货不到三天
便被他消耗干净
他吹起的气球总会飞到房顶之上

聂 权

理发师

那个理发师
现在不知怎样了

少年时的一个
理发师。屋里有炉火
红通通的
有昏昏欲睡的灯光
忽然，两个警察推门
像冬夜的一阵冷风

"得让人家把发理完"
两个警察
掏出一副手铐
理发师一言不发
他知道他们为什么来，他等待他们
应已久。他沉默地为我理发
耐心、细致
偶尔忍不住颤动的手指
像屋檐上，落进光影里的
一株冷冷的枯草

谯达摩

我和李岱松和多多的一个上午

在八宝山

我和

李岱松

和

多多

整个上午没有说一句话

多多的父亲

躺在

花丛中

老人家

九十多了

安静的灵堂

多多

多多的

亲人

肃立一旁

我和

李岱松

先后上去

与他们

一一
握手

我是第一次
去八宝山
第一次
在北京
感受
生
与死
的距离

最后我和李岱松
和多多
和多多的
亲人
朋友
来到一个
巨大的
火炉边
将所有鲜花
投进火焰
翻滚的
炉膛

我抬头看见

炉子上

雕刻着

四个

大字——

法界蒙熏

三年过去了

我发现八宝山的

那个

上午

能影响我

三十年

甚至三百年

香赞：

炉香乍热

法界蒙熏

诸佛海会悉遥闻

随处结祥云

诚意方殷

诸佛现金身

2008.7.26

独禽

父亲

父亲走在人群中
一点儿特点也没

怕他丢失，我在他背上注明"我父亲"
弄权者流浪汉强奸犯
以及所有人众都称他"我父亲"

不屑和这些人称兄道弟
我用极残忍的手段谋杀掉"我父亲"

2015.7.1

叶子

无题

把一朵白花别在墙上

白花消失了白花非花

成了白墙而白墙非墙

只有光光很白

像风风很白

只有白

很香

石生

消防队员在天津

我的这些农民兄弟

是父母花钱求人

为你们买来入伍资格

盼着你们能够顺利复员

再花钱求人

给你们买个好工作

可是我知道

咱们的父母，往往得不到好的回报

他们只能是头顶白发

抱着儿子的骨灰回家

2015.8.14

庞琼珍

去慈善协会捐款

路过一个流浪汉
一对乞丐
我拐了个弯

2015.5.21

湘莲子

越南归来

我发现
很多照片上的
我都低着头
我低头
在中越友谊大桥上
找国境线
我低头
在越南一号公路边
剥海鸭蛋
我低头
想曾娶我为妻的那个人
有多少战友留在越南
我低头
在茶古大教堂边的小店里
挑一串佛珠

杨桂晔

不可以

不可以用我的头颅佩戴别人的发型

不可以用我的脸颊连接别人的脖颈

不可以用我的胸部臆想别人的乳房

不可以用我的胳膊安装别人的手指

那些发型脖颈乳房手指，不是我的

不可以更换我的肤色

不可以修改我的脸型

不可以替代我的衣裳

不可以假装我的神情

那些肤色脸型衣裳神情，销毁我的气质

我和我的头发连在一起

我和我的脖颈连在一起

我和我的乳房连在一起

我和我的手指连在一起

我和我身体的任何部件，连在一起

我的血液喜欢我的毛皮

我的声音喜欢我的喉咙

我的孩子喜欢我的乳房

我的灵魂喜欢我的肢体

——我住在我体内

——没有任何改动的痕迹

独化

告诉亲人

真相的确如此：我爱上了异乡
无名的鸟鸣。无名的小花。
宁静和喧哗。平静和骚动。
我成了这一切可耻的俘虏。

王有尾

新麦

前来
吊唁的人
上过香
烧完纸
磕了头
说得最多的一句话
就是太遗憾了
老爷子都没吃上
今年的新麦

2015.7

还非

英雄认证

我不做文人（包括诗人）
我想成为英雄
打小就想：风萧萧兮易水寒，
壮士一去兮不复还
以写字而一事无成，空对空，
求真理，我孤军作战
今年都六十三岁了，
希望某日缘遇一位算命先生，
得片言指点
我递给一把碎银：
兀那厮，
吾此生成或不成，汝休得胡言
言归正题吧
新浪微博应予英雄认证
从我开始，兹申请

笨笨 s.k

无题

一位外国朋友

正在中国的一家餐馆

就餐

突然　饭店外面

"噼里啪啦"

响起了鞭炮声

他猛地蹲下

躲进桌子底部

用结结巴巴的汉语

问旁边桌子上的我

革……革……命

命

了

255

唐晴

大旱

禾叶上最后的一滴泪珠
刺伤了我坚硬的心
面对干涸的面庞
我羞于承认
我是太阳的女儿

莫莫

误入女监车间的鸽子

从左飞到

右，从右飞到

左，撞向

又高又大的玻璃窗

一次，再一次

阳光，插进来

铁栅栏投在

鸽子身上

它看上去像一只

身着斑马纹囚服的怪鸟

257

杨合

马年

马年，属于速度之年

时间偏偏运转得慢

让我多做了三十天工

我的白发覆盖率明显增长

皱纹匀速发展

眉头曾经皱了三千下

手机号码保有量达一千五百

回一趟老家探望父母

和老婆红脸五回

骂儿子不争气四次

被人背后议论若干，无法统计

当面表扬无

这就是马年

我已经放下了的马年

唐突

和一个抢劫者称兄道弟

在六里坪火车站的
一个月黑杀人夜
蒙面人
他把两尺长的杀猪刀
架在我的脖子上

摸摸口袋 摘下手表
我说："兄弟 你的运气
和我的运气 都不太好
我的身上只有五块钱
还有一块手表"
我把口袋翻给他看

他接过去说："哥们儿
按照我们的规矩 没钱
是要放一点儿血的"
我说："老弟 我们都是
六里坪人 我们何必
把事情闹大"

听了这话他想了一想

然后拔腿就跑

一纵身　就跳过了一条

很宽的水沟　我对着

他的背影　大喊

"兄弟　你的弹跳力真好"

第二天　我把这事讲给

混黑社会的一个朋友听

还说："他站得离我很近

如果我抬腿　用膝盖

朝他的裆部使劲一顶

应该可以撂翻他"

朋友说："祝贺老兄

你的运气　不错

那个抢劫的　运气确实

很差　你没用膝盖

顶他　是对的。"

2015.6.16

明迪

欧盟

很久以前有一个村庄，

那里的人说雅皮语。

右边隔壁村里的人说嘎皮语。

左边隔壁村里的人说扎皮语……

很多年以后，

村庄变为王国，雅皮语，嘎皮语，扎皮语，

从乡村俚语变为有名有姓的正式语。

一个叫"亲"的人，

整天挂着笑脸，

每笑一下，

就消灭一个王国，

最后歃血为盟，立自己为中央国王，

立自己的"亲语"为唯一的官方语。

所以今天在那个巨大的王国，

所有人都说亲语，雅皮人，嘎皮人，扎皮人，

全写一种官方语，他们讨论"方言"，

"地方写作"，但使用统一的亲语，

他们声称是雅皮人，嘎皮人，扎皮人，

但只会写标准亲语。

令人欣慰的是，

他们不需要互相翻译，

开诗会如同开全国人民代表大会，

彼此之间如此和谐，

如此理解，

连笑起来都是同样的笑脸，

没有任何误解。

他们不需要雅皮，嘎皮，扎皮，

人人都幸福哈皮（happy）。

陈衍强

约人吃饭

钟鸣村的表弟

来县城请我吃晚饭

叫我约几个朋友参加

我立即掏出手机

分别给几个朋友打电话

由于是星期六

一个在昭通

一个在小草坝

一个已有人请

一个要在家陪父母吃

一个无法接通

一个呼叫转移

一个已关机

一个打通了没接

另一个打通了也没接

我再也没心思

接着打其他朋友了

只好告诉表弟

今晚就我们两个吃

2015.10.4

石薇拉

爪牙

拖拉机爪上
一块块泥土
粘在上面
像一只
长满老茧的手
挖着自己的
葬身之地

264

任洪渊

1967：我悲怆地望着我们这一代人

我悲怆地望着我们这一代人

虽然没有一个人转身回望我的悲怆

我走过弯下腰的长街，屈膝跪地的校园

走过一个个低垂着头颅的广场

我逃避，不再有逃遁的角落

斗人的惊怵，被人斗的惶怵

观斗者，斗人与被人斗的惊怵与惶怵

不给我第四种选择，第四个角色

跪下了，昆仑已经低矮

黄河，在屈折的腰膝曲折流过

为太阳做一份阳光的证明

我们生来有罪了，因为天赐

自诩的才思，灵慧，

自炫的美丽

不是被废的残暴就是自残的残忍

残酷，却从来没有主语

谁也不曾有等待枪杀的期许

庄严走尽辞世的一步，高贵赴死

不被流徙的自我放逐
不被监禁的自我囚徒
不被行刑的自我掩埋

在阳光下，跪倒成一代人的葬仪
掩埋尽自己的天性，天赋和天姿
无坟，无陵，无碑铭无墓志
没有留下未来的遗嘱
也没有留下过去的遗址

去王，依旧是跪在王庭丹墀的膝
去神依旧是，去圣依旧是
顶礼神圣的头，躬行神圣词语的身体
一百年，这就是我们
完成了历史内容的生命姿势？

不能在地狱门前，思想的头颅
重压着双肩，不惜压成脚下的土地
踯躅在人的门口，那就自塑
这一座低首、折腰、跪膝的遗像
耻辱年代最后的自赎

也不能继续英雄断头了
尽管我仍然无力在他们落地的头上
站立，那不再低下的尊严

从第一次用脚到第二次用头
站起，我的19世纪没有走完

但是我的头没有站立就偏侧倾斜
在20世纪，枪外炮外一个人的战场
头对心的征服与心对头的叛乱
两千年的思想，没有照亮黑暗的身体
重新照亮思想的却是身体的黑暗

第三次了，假如在我的身上
有19世纪的头和20世纪的心
假如一天，我同时走出两个世纪
用头站立——在历史上
用心站立——在今天

1967 写
2007 改

陆渔

1986

我从背后

第一次解开她的白布胸罩

收音机正在配乐朗诵

怀念一位法国女诗人的诗

我厌倦了贞洁

却没有勇气去堕落

我触摸到她的乳头

她颤抖了一下

用手按压着我的手

我清楚地记得

为波伏娃诗句配音的钢琴

是肖邦的 g 小调夜曲

她忽然回过头凝视我

两颊清泪

2015.10.27

高歌

镜中

越来越像我的遗像

2015.10.10

周瑟瑟

咕咕

我听见故乡在我脑袋里发出咕咕的叫声。

水塘在咕咕叫，

枯树在咕咕叫，

菜地在咕咕叫。

不叫的是蹲在地里的青蛙，

它双眼圆睁，好像得了幻想症。

不叫的还有躺在门板上的小孩，

他在玩一种死亡的游戏，

只等我一走近，

他就一跃而起把我扑倒。

唐果

童年游戏

他们绑住我的手脚
让我从一楼蹦到二楼
如果我能顺利蹦到
且蹦的过程中没有跌倒
我就可以得到一把糖果

他们用麻绳绑紧我的手脚
我只能像青蛙一样蹦达了
第一步觉得轻松
第二步也还行
越往后越艰难

楼梯顶端是嬉笑的大人
和他们摊在手掌上的
彩色的糖果
我忍住疼痛
不断给自己加油，打气

好几次，我差点儿摔倒在楼梯上
但最终还是稳住了身体
我将小手合拢向上
不知道该感谢冥冥中的谁
我拿到梦寐以求的糖果
大人尽兴，作鸟兽散

易小倩

偷拍

卖菜的大叔

躺在摇椅上睡着了

中途他突然醒过来

看有没有人偷他

摆在地上的南瓜

但他没有看到

在对面水果摊前的我

用手机

偷拍下了这一幕

商震

一次在广阔草原上的研讨会

鲜艳的帐篷在草地上支起
是一个密闭的笼子
远看像一朵突然绽放的花

一群理论家走进帐篷
一群飞鸟也落在周边

理论家为一个创作技法争论
鸟的鸣叫一直是会议的背景
理论家面红耳赤时
鸟的叫声也陡然提高

理论家突然停止争吵
静静地倾听鸟儿们
随意挥霍天籁之音

拓夫

劫

算命先生说
你在三十岁那年
有过一劫

我回忆了一下
那年秋天
在张家界
我遇到一场雨

娜夜

个人简历

使我最终虚度一生的
不会是别的
是我所受的教育和再教育

莫渡

十七根枝条

在果园

一根枝条问我

果园后面埋的是谁

那可是块风水宝地

我一剪刀下去

把它给咔嚓了

又一根枝条说

山顶上的飞机场

什么时候动工

是不是要搬迁到别的地方去

我没吭声

一剪刀解决了这个难题

一根枝条要我解释

厄尔尼诺现象

我二话没说

便给了它一个痛快

这时满树枝条开始嚷嚷

今年的苹果钱

讨到手了吗

我找来斧子

把整棵树给剁了

叶臻

手

母亲患了帕金森综合症后
就包不了饺子了
春节回家这几天
常常是母亲的手像饺馅一样
被我的手包着
有时是母亲的手像饺皮一样
把我的手包着
母子二人就这样包着新年的饺子
但由于不停地颤抖
很快就露出了生活的荠菜、肉末
和铜钱

2015.3.7

吾桐紫

煮妇的烦恼

每天我都要思考

三个问题

早上吃什么

中午吃什么

晚上吃什么

有的时候

我想

饿个一两顿

但问题是

还有女儿和老公

于是我就

准备好他们的饭菜

然后自己

再饿着

阿毛

一个人的集体转向

以前
爱一个人
可以放下尊严，为他去死；

以前
可以倾尽世间的白雪
仅为他成为最英俊的王子；

以前
可以铺张一千零一吨白纸
写满黑字，仅为他住在那里……

现在，我们只想：
好好爱自己、爱亲人
茶余饭后再爱一下全人类

2010.11.16

张心馨

不要

天黑
最好不要
讲
鬼故事
因为
不但人
爱听
鬼也
爱听

韩作荣

候车室

人与人互不相识
声音与气味互不相识
色彩互不相识

嘈杂、拥挤，擦肩而过
或各自孤独地聚在一起
厅堂由于高阔而空茫

这些候车的人
谁是归去，又有谁是出走？

只有椅子稳重地站立着
有腿而不远行
而这里所有的人
都是过客

大友

两次烫伤

迄今为止
我的手被烫伤两次
一次是在殡仪馆
接过刚刚出炉的
姑父的
骨灰
另一次
从雪地里
抱起
裹着薄薄襁褓的
弃婴

伊沙

重回鲸鱼沟

整整三十年过去
我忽然回到这里
回到高考那年的夏天
我和几个中学同学
一起游过泳的
鲸鱼沟

墨绿色的深潭
潭边山坡上
那一片北方罕见的竹林
甚至于头顶上的
蓝天白云
依旧
只是那一条
一路跟着我的黄裙子
早已不见
"我的青春小鸟一去不回来"

三十年过去了
那一直飘荡在我心中的
竹林间的黄裙子

像一面风信旗

唤醒我：

"你是否也同样珍爱着

那些追随你一路前行的

可爱的灵魂？"

艾蒿

布满钉子的木板

我们用

两个月的时间

装修好店面

却只用了两个小时

把这些柜子砸掉

这还不是

最棘手的问题

深夜两点

我们骑着高过头顶

装满木板碎屑的

电动三轮车

全城找不到一个

倒垃圾的地方

最后总算

遇到一个正拆迁的

城中村

我们悄无声息地

把这些木板

倒进一间

只剩下一面墙的

屋里

我被其中一块

木板的钉子

不小心

刮破了手指

春树

人在旅途

在同一个夜晚

在柏林

我参加了两场

中国作家的读者见面会

居于伦敦的女作家

比居于美国的男作家

更令我印象深刻

首先，是女作家的英语发音更标准，声音更洪亮

其次，是之前的男作家那一场

我急需喝水

不免精力分散

轮到女作家这场

我已经喝饱了

也上过了厕所

在灯光下

她皱着眉头看着主持人的侧脸

苦大仇深

像极了好莱坞电影里那种丑化亚洲人的角色

让我大惑不解

似乎她在看心理医生

而非参加文学节

这紧绷绷的表情

特别想问她一句：你幸福吗

或许这就是一种

特别的

形式感

让我想起以前的我

在挪威，也是文学节，台下是一群中学生

演讲结束时

我对着下面黑压压的人群

敬了一个标准的少先队礼

洪君植

上帝

刚到美国，不懂英语

只要动动嘴巴

就能轻松赚钱的职业

只有做牧师

那时候，天天读《圣经》

神学著作

心中的魔鬼，谁都看不见

用三年时间读完神学硕士

有资格当牧师了

反而更绝望

又开始我行我素

喝酒抽烟

隔三差五去教堂做晨祷

向上帝报告，厄运不断

倪广慧

赫本是个好姑娘

我把手机里的图片放给姥姥看

奥黛丽·赫本在非洲

背着一个瘦如骷髅的男孩

把赫本的话念给姥姥听

要拥有苗条的身材

就要把食物分给饥饿的人

姥姥想了一下　郑重其事地对我说

赫本是个好姑娘

但是你

给我好好吃饭

徐江

秋分

这是一年中

奇特的日子

秋天分开了岔路

一条向着过去

一条通往未来

一年把剩下的五分之二

递到猫、狗、人

递到树和草

云和烟，水和风

……万物的

嘴边

293

起子

来访的副总理

电视新闻中出现

来访的格鲁吉亚副总理

卡拉泽——

一个我非常熟悉的家伙

前 AC 米兰球星

那年我玩足球游戏

他是我手下一员大将

我训练他各种技术

让他踢左后卫

他就踢左后卫

让他客串中后卫

他就踢中后卫

吃了红牌

我就罚他工资

要是他状态不好

我就把他摁在替补席上

哎

自从他退役之后选择从政

我也就拿他没有一点儿办法了

刘川

讲述中国人自己的故事：马二

农民工马二

从脚手架上

掉了下来

一条大腿

扔在了工地

大厦建好后

瘸子马二

每次经过

这个著名的

富豪别墅区

都无比自豪

指点着对身边的人说

老子一条腿

已经插在里面了

就差

这一条了

第广龙

盲区

年轻时，时常思念
见一次多难
分开了，再相聚
不知何夕
你身体的大部分
是我双手的盲区

老了后，总在遗憾
天天在一起
面对面，不相识
多远算远
你灵魂的大部分
是我心跳的盲区

2015.11.18

游若昕

黑森林

在大家的
掌声中
一个人
走了进去
不知过了
几千年
几万年
这个人
再也没有
走出来

2015.12.27

君儿

在太平洋洗脚

太平洋绿色的海水

洗着我的脚

有乳房有男性器官的姑娘们

在睡觉

我的祖国离此两个多小时机程

我的家在被污染的大陆北部海域

它们每一滴水都渴望汇入

镜子一样的太平洋

像我一样

邢昊

女儿

老婆怀孕时
让我给她炖鸡吃
我却买回一块豆腐
剩下的钱买了本
聂鲁达的《诗歌总集》

老婆怀孕时
让我给她煮鱼吃
我却买回一棵白菜
剩下的钱买了本
《普希金传》

女儿出生了
只有三斤四两
她躺在保温箱里
小白鼠似的
叫人可怜

今天是 2016 年元旦
我给女儿精心准备了
一桌丰盛的饭菜

看着又瘦又小

狼吞虎咽的女儿

其实我心里

挺难受的

三个 A

南方的雪

严冬来临
全国雨雪纷飞
我煮了一碗
南方的白米饭
发到朋友圈
告诉他们说
南方的雪
就是这样子

高歌

一小块国土

大巴经过

一座大厦

导游说这里

只走后门

一年四季

没见它开过正门

里面的工作人员

上班也只走后门

刚睡醒一觉

我以为是说

眼镜蛇馆呢

2016.1.26

蒋彩云

装睡的鳄鱼

瞥一眼
上蹿下跳喂食的人
腰间的鳄鱼皮包
继续装睡

安琪

白葡萄酒为什么也让人脸红
——给吴子林

红葡萄酒让人脸红
白葡萄酒为什么，也让人脸红？

那天你往我的身体倒酒，红葡萄酒
白葡萄酒，于是你浇灌出了

红脸的我
继续红脸的我。

我红着脸听你赞美我
然后我继续红着脸赞美你

批评的话让人脸红
赞美的话为什么，也让人脸红？

2014.1.30

如也

70 年代

十三岁那年

我和数学课代表

站在校门口

看墙上的法院公告

（那面墙隔三差五

就见印刷体的大字报）

我们就爱看那些强奸犯的细节

数学课代表问

"那么老，50 岁还能强奸么？"

我也是这样想的

两人呵呵地乐

如今我年过半百

和老婆在床上干活

我就像那张

破大字报

在褪色的红砖墙上

随风飘晃

2015.9.7

笨笨 s.k

妊娠纹

像鱼
像蚯蚓
像隐形的蝴蝶

这些婴儿种在
母亲身上的
花朵

当你俯身
侧耳倾听时
还能捕捉到
"咚哒、咚哒、咚哒哒……"
花开的声音

2016.2.15

白立

马来人可以乱开枪

在马六甲的古炮台上
马来籍的华裔导游告诉我
大马国宪法规定
在婚姻上
马来人是有特权的
他们可以娶四个老婆
在家里可以乱开枪
华人不行
说完后她狡黠地笑了

我立刻告诉她
那华人必须开炮

图雅

她们的房子

子宫全切后
她老公说进去后是空的
之后就不再进去

子宫半切后
她老公努力了
也进不去

他说看见她肚子上的刀疤
蚯蚓一样
就软了

2015.12.6

李振羽

前妻

多次通过女儿

捎话给她

尽早找个肩膀

靠靠

又一年过去了

她还是一个人

前几天

女儿偷偷告诉我

这些年她妈妈

也谈过好几场恋爱

可她姥爷总是说

那些个男的

都赶不上小李子

2016.1.24

荣斌

这一年

再过七八天
这一年
就要结束了
回顾这一年
收获不少
感触也挺多
这一年
我发表了
很多诗歌
可是我想
如果我
不给那些刊物
提供赞助
他们还会给我
刊登作品吗
这一年
也赚了不少钱
我总想给
帮助过我的人
拿点儿回扣
可是他们
一个子儿
都不敢要

维马丁

从东南亚满载而归

从东南亚满载而归

谢谢大家

谢谢荣斌

牛依河、三个 A

谢谢李振羽

说我写诗跟拉稀一样快

谢谢笨笨

给我吃榴莲

谢谢君儿

给我买啤酒

谢谢湘莲子

催我喝咖啡

谢谢蒋涛

催大家上车

谢谢高歌

替我走私枕头

谢谢安琪

替我买床垫

谢谢如也

跟我过夜

读色情诗歌

谢谢邢昊

赞颂我的毛

等等

谢谢很多人写我

谢谢导游

阿福阿平燕子小陈

还有最后一天

从加拿大留学回来的马来西亚导游

导游们教我们

怎么说谢谢

卡空卡

带你妈看戏

教我们

他们国家当代历史

和华人情况

金三角93军队

芭提雅人妖

新加坡崇拜法规

含泪宣布独立

马来西亚民族和选举

谢谢伊沙

到处开诗会

肯定破了纪录

我们大家

满载而归

西娃

一碗水

她专注地看着一碗水
用细若游丝的声音
念着我的名字
念着我听不懂的句子

"你父亲，死于一场意外
与水，医疗事故有关。"

是的，大雨夜，屋顶漏雨
他摔倒在楼梯上
脾断裂，腹腔里积满了鲜血
医生只让他吃止痛药

"2014年，你与15年的恋人
恩断情绝，纯属意外。"

是的，我们正在谈老去怎么度过
他手机上跳出一条短信
"老公，你回家了吗？"
我不听他任何解释，摔门而去

"2016 年 1 月，你女儿上学的钱
被你败在股市里……"

是的，他们使用熔断机制
我和上亿股民
像被纳粹突然关进毒气室

……
是的
……
是的
……
是的

这个在李白当年修道的大筐山
生活的唐姓女人，一场大病后
身上出现的神迹：她足不出户
却在一碗水里看到了我的生活

2016.1.20

任洪渊

1972：黄昏未名湖

一

红卫兵甚至改变了太阳的名字
只剩下这一湖未名的水，未名的涟漪
我来守候湖上一个无人称的黄昏
直到暮色，从湖心沉落塔影和我的面影

在看不见面容的时候，面对自己
一个逃离不出自己的人
不敢失踪不敢隐形不敢匿名
尤其不敢拒绝和放弃

我侧身走过同代人的身边
半遮蔽自己的面貌和身姿
畏惧自己嘴角的轻蔑，眉间的怀疑
畏惧哪怕一瞬稍纵高傲的眼神

二

守候在湖上，一双映出我的眼睛
一双眸子的颜色改变天色的眼睛

那是红卫兵不能改变的眼色

那是两湖未名的夜光，未名的晨曦

是爱的绝对命令，她

以身体的语法和身体的词法

给我的名词第一次命名

动词第一推动，形容词第一形容

在禁地外，禁锢外，禁忌外

她是不容许被改写的天传文本

红卫兵的名词无名，动词不动

形容词失去形容，失尽形容

湖上，洞庭波远潇湘水长

娥皇，女英，是神

巫山云，雾，雨的瑶姬

和洛水流韵的宓妃，是半神

隐舟在五湖烟波，西施

多一半是个体之上的家和国

一切从她的眼睛，波去，雨去，烟去

她第一个是人间的，个人的

三

自己给出自己生命意义的
我又多么愿意长映在她清滢的眼里
从我天骄的风姿，风华，风仪
到天成的人格，天纵锋芒的词语

红卫兵以红太阳的名义
却走不近一泓照人的湖水
我守住一湖未名的涟漪，和她
等待我命名的眼波，守住自己

1972 写
2012 改

谷禾

杀了吧

"……杀了吧——"我老娘
语气平静——

她指的
是一只此刻昂首阔步
引吭高歌的公鸡——它有雄健的身体
一身发光的羽毛
曾几何时
一个鹅黄色的小绒球儿
在她的身前身后
滚动。敏捷地
捕捉更细小的虫子，一点点膨胀起来
有一次它突然跳上围墙
对着升起的太阳
歌唱起来，一遍又一遍——

……一个乡村的帕瓦罗蒂

但它终归是一只公鸡
盘中的美餐
我老爹手起刀落，鲜血喷溅在门前水泥地上

绽开朵朵梅花

它继续向前冲，慢慢地，不再抖动——

这事发生在暑假

当我带儿子

从城里回到乡下

"杀了吧——"成为爱的仪式——

一次次

在简陋的院子里举行

我和儿子的目光

紧盯着，透风的篱笆墙上的天空

"老娘。老娘——"我儿子戏谑的撒娇声里

另一个女人

越来越接近我老娘的样子。但你看吧——

她此生，已无鸡可杀……

吴雨伦

时间静止的时刻

时间静止的时刻
是在
大风吹走一切颗粒
真空般的夜晚
我拿着一盒比利时巧克力
穿过街道

突然
盒子被摇开
那些被糖纸包裹着
的家伙们散落在地
路灯下
反射着五颜六色的光
如同一堆迸溅而出的炭火
在真空的夜晚

2015

321

朱零

冬天

树叶掉了一片又一片
张眼望去
光秃秃的北方
荒凉和沧桑
树上已没什么好掉的了
最后
掉下一只麻雀

梁余晶

潮湿的市场

黄昏的微光里，菜市场呈现出
某种模糊的色彩：一串泛黄的灯泡
一条苍白的水泥小路
一道阴沟，黑如中国人的眼睛

各种年纪的妇女穿着鱼鳞
在水一样的空气里
从一个摊位游到另一个
她们的鳍在白菜堆里拨来拨去

一个打赤膊的男人在路边
手法熟练地剖鳝鱼
一条条鳝鱼被钉在长凳上
然后挑出脊椎骨

血，沿着木质纹理向下渗透
旁边站着个男孩，兴致勃勃地
盯着这魔术般的表演
直到他的眼睛变红，血一般的红

马金山

在墓园

大妈
一边烧纸
一边嘟嘟囔囔

儿呀
收到了这些钱
可千万别再去赌了啊

沈苇

祈祷诗

一

每天，需要一个攸关性命的时刻：
像一叶扁舟，驶离一双发臭旧鞋
像漫游者，带着内心强劲的马达
并且要热爱遗忘，祈求被人遗忘
这样，你就从被裹挟、被损害的
日常生活中，赢得了自由和想象！

二

不是鸽子凯旋，而是羔羊没有死罪
不是刀斧锈蚀，而是炸弹变成哑弹
不是父亲健朗，而是母亲抹去眼泪
不是上帝在场，而是魔鬼忘记交易
请不要老哼哼我啊我啊，要想一想
世上同样忧虑着、祈祷着的他和她！

耿占坤

同一片天空下

你好，

在泥泞崎岖中消磨时光的山林小路和脚下沉吟的落叶；

你好，

被燕子的碱性热浪蒸煮在湿漉漉的腋窝下的正午；

你好，

退潮后裸露着死于非命的沙丁鱼气息的寂寞海滩；

你好，

夜幕掩护下在都市病榻一角落举行秘密婚礼的厌氧菌；

你好，

用空旷的歌声呼唤山洞泉水流出岩石的杜鹃；

你好，

沉默时刻在风中破碎又无处栖身的话语；

……

所有与我的姑娘同时呼吸并共处同一片天空下的事物！

请你们在被忽略被遗忘的任何时刻想起我的牵挂和问候。

庄生

孤儿

当台上导师
问底下的人
父母还有什么遗传
给孩子的时候
一个角落里的小孩问
孤儿呢
导师微笑着说：
"孤儿也有父母"

海青

三人一个群

我建的一个耳鸣人的
群里
只有三个人

我
我的耳中乐人杰克
伟大的海伦凯勒

杰克每天每秒都在演奏
我无法把他从我脑中
拽出来

海伦凯勒
看不见听不见说不出
她有嗅觉会唇读

但她离我太远
她触不到我闻不到我

噢
还需要一个医生参加入群

姚风

诗友

诗歌
无法阻止一辆坦克
但可以把坦克手
培养成一名诗人

他跳出那一堆钢铁
坐到树下
若有所思地写下
这样的句子：

春天还没有来
几只小鸟
飞落在绿色的炮筒上
叽叽喳喳

伊沙

吉隆坡云顶赌城联想

地球毁灭了

人类移居外星球

我是幸运的

最后一批撤离者

当我们到达那里的时候

发现先我们到达的人们

住在一座超级大赌城里

有人朝篮筐里

投掷地球仪

我告诉他们地球

已经毁灭的消息

他们哈哈大笑

弹冠相庆

原来所有的人

都为地球——

他们家园的

毁灭下了注

现在他们赌赢了

2016

黄海

附近的人

夜晚手机微信上
发现一栏那列
"附近的人"打开后
有好多陌生人的女名字

她们是火凤凰
甜玉米、美丽诺
这些人与我的距离
是 100 米内
也可能是 10 米或者 20 米
还有 200 米内距离的
爱的世界、此情可待
和阳光雨露
300 米内的小吃塔
你在我心中、我的好身材
以及随性性
这个名字好
头像还是个光背的美女
再远的 500 米内的
杨媚娘和李思思
她们的签名分别是：

半老徐娘和此女有夫君

最远的 1000 米内的名字显示是

入戏太深

不雅照和 jdnnd

这些人真有意思

头像都漂亮

哦，有个头像是

她是我妻子

她曾经的假名

小手冰冰凉

世界原来可以这么小

沈浩波

在圣方济各圣堂前

我喜欢那些
小小的教堂
庄重又亲切
澳门路环村的
圣方济各圣堂
细长的木门
将黄色的墙壁
切割成两片
蝴蝶的翅膀
明亮而温暖
引诱我进入
门口的条幅上
有两行大字
是新约里的话
"耶稣说：
我就是道路
真理和生命"
我想了想
在心中默默地
对耶稣说：
"对不起
这句话
我不能同意"

春树

仪式感

在我妈来到柏林

照顾我生孩子、坐月子

整整三个月以后

她回北京的第一天

我系上围裙

像她说的

不套头

折叠一下

把带子从腰后

绕一圈

系在前面

我系着围裙做饭

又系着围裙

站着吃完了

刚刚做好的炒米饭

顺手把案板上的菜叶子

倒进了垃圾桶

我发现我是在模仿她

这一发现让我很温暖

2016.1.30

苇欢

刺

母亲把带鱼烧得很黑

用筷子刮刮

露出雪白的肉

我把鱼刺剔出

一根根摆在纸上

我看看女儿

她小小年纪

就会吐刺

哪怕是极小一根

我像她这么大时

每当爷爷做鱼给我吃

我就说：爷爷，你快吃给我看！

他就夹起一块

放进嘴里粗嚼两口

吐出一团白泥

我就笑他——

我的爷爷

经历了饥荒、战火、丧子、病痛

却一辈子也不会

吐刺

最后死亡

吐出了他

邢昊

潜伏

五个美国兵
空降越南
躲进一片
茂密丛林

五个美国兵
耐不住寂寞
抓来一只蜘蛛
取名黑寡妇
抓来一只蚂蚱
取名绿寡妇
抓来一只蝴蝶
取名花寡妇

五个美国兵
一个被蛇咬死
一个陷进沼泽
一个踏响地雷
一个挨了枪子儿

幸存的一个

打中越南兵

越南兵兜里

掉出张照片

背面写着：

阮叶成

十四岁

童子军

阿文

一只蚂蚁的身高

从脚面出发
到达足三里
只需十秒
上行至足五里
还需二十秒左右
以此推进
一分钟后
足以到达头顶
有人问过我的身高
我告诉他
有一分钟的高度
他连连摇头
六十秒，他略显明白
就是说一只蚂蚁
仅需六十步
便可抵达一个人的峰顶
当一只黄蚂蚁
踩着你的脸
与你对视
该有着怎样的表情
想到这儿，就在这儿
胸口之处
将一只向上攀爬的蚂蚁
迎面推了下去

李淑敏

霜降之夜

霜降的雨水此刻在响
我释放的盐，挂在脸上还未洗去
早早就躺下了，床头的灯光照着
那个疯狂而疲倦的场景慢慢退去
我们都豢养起猛兽，柔软下来
你虚弱地陷在椅子里，
读了一段白天的日记

这是个完美的世界，因为我们还能
击溃对方
多么费解的矛盾：我们的精神
并没有融进，我们的身体

我们不停追逐着它
充沛的花冠，脱尽了水分
在霜降之夜
我已交不出我的性，用于救你

2015.10.27

蒲永见

什么在响

什么在响
在床下、在凳子的表层
在脚印触及的地方
我总觉得什么在响

我的投影像道路
被白天和黑夜更替
于是空中不断增大
我没有什么非凡
我经常以普通人的身份
在阳光下进进出出
我看见同志们很微笑
我也很微笑
只是
我从来不哭

时间洞穿门缝
像剪刀，裁减我的日历
我从来不哭
夜夜微笑着进入梦境
每次醒来之前

总会有某种暗示

以敲门和打钟的姿态

呼应

我知道一些东西已经灭绝

　　　一些东西尚未死亡

　　　一些东西正待复苏

而我的触觉和听觉都未生锈

我总觉得

在我的身后我的头顶

什么

一

直

在

响

蒋雪峰

街檐边的老人

他一个人
坐在街檐边
打盹儿

走到这一天
应该走了很久
有很多人陪着
他也陪着别人

走着走着走散了

有的去了天上
有的去了地下
有的还在医院

有的和他
在同一座城市
坐在街檐下
一个人打盹儿
老死不相往来

君儿

三个基督徒到医院探望一个病友兄弟

围着病床
他们祷告
每人一段
各不相同

然后他们唱歌
这次曲调一样
内容相同
结尾都呼阿门

他们的病友兄弟
得了帕金森症
坐在白床单上
整个过程只是不停摇头

宋壮壮

中国秘密

初中二年级

我哥和全校学生

被卡车拉到公路两侧

每个人的手中

拿了塑料的假花

等待很久之后

晃动着塑料花

喊着"欢迎！欢迎！……"

几辆轿车快速过去了

他们再爬上卡车

返回学校

自始至终

他们都不知道

欢迎的是谁

2016.2.3

从容

父亲

我对你的身体一直非常好奇
小时候，妈妈在讲《海的女儿》
你在帘子后面洗澡
我装作睡着，希望看见你拉开布的霎那
像一个雕塑出现在我面前

可是每一次我的狡诈都成为泡影
此时
男人们在一间水房里哗哗地冲洗你
用白布和藏红花，用诵经声把你裹紧

我紧紧搂着你的头
我俩身体的汗味同属一种
终于在开往墓地的车上混合
你的一绺头发被藏在化妆袋里
为了提醒自己，你还在

我知道你在我必经的白色楼梯上
在修地铁的十字路口
在我手握的方向盘上
在我的枕边
每天

芽子

两只骷髅的爱情

它们要接吻
没了舌头
它们想难过
没有眼泪

那就紧紧地拥抱
用力地吻

骨头响了
骨头裂了
骨头碎了

路过的人看见
讲它们扫在一起
只是一堆白骨
埋入同一个土坑

张甫秋

台湾地震时

正是一年的春节
我发送
"还好吗"的信息
对方无应答
已经过了四天
我才开始回忆
这个认识八年的朋友
面对茫茫的信息海
我竟然无从搜索
相关遇难名单
其实我根本不知道
他的名字或者
他住在高雄还是台南

潘洗尘

父爱

女儿越来越大
老爸越来越老

面对这满世界的流氓
有没有哪家整形医院
可以把我这副老骨头
整成钢的

——哪怕就一只拳头

2016.4.16

苏不归

死海的石头

死海来的石头
冷如冰
带着咸味

不断有水
从窟窿里渗出
在庭院的木桌上

死海的石头
站在自己的一摊水渍里
提醒我

它是活的

2016.4.13

王那厮

在路边小摊买猪头肉

他正在切肉

我还没给他钱

突然有人一声大喊

城管来了

快跑

他神情一滞

把刀往案板一扔

跳上车

骑着就开始飞跑

我愕然了一下

也开始跟着他奔跑

一起奔跑的

还有很多

小三轮们

他们跑啊

跑

我也跟着跑啊

跑

直到现在

我也不知道

我他妈到底在跑什么

沙冒智化

与我们无关

那个生在天堂的人与我们无关
那个看着时间的人与我们无关
那个满身贪婪的人与我们无关
那个猛烧泪水的人与我们无关
那个刺痛骨髓的人与我们无关
那个梦里喊叫的人与我们无关
那个悬崖勒马的人与我们无关
那个没有信仰的人与我们无关
那个外表含蓄的人与我们无关
那个害羞装傻的人与我们无关

佛祖、上帝、安拉，与我们无关
这一刻，时间停止
让我们大声告诉世界
除了爱
我与一切无关

2016.3.21

唐小米

为什么总想起死去的人

想起他们做什么呢
又不能扒开土
把他们拽出来
像扒出一块遗落的红薯

又不能让他们复活
像把一块红薯放进一筐红薯里

又不能把他们切碎了
做出无数个新人
像把一筐红薯做成薯片

叫他们出来做什么呢
其实我也讨厌过他们
在他们骂我　打我　抢我风头时

还是让他们在土里待着吧
像安静的红薯
一座小小的坟墓
顶着青青的叶子

千夜

为了一份黑椒牛柳饭

为了一份黑椒牛柳饭
我站成门神

20分钟
我扮演了
哨兵
大将军
礼仪小姐
站街的妓女
怀孕了的母亲
独守空房的怨妇
裸露着大腿的白领
坐在摩天大厦顶楼的CEO
一半身子埋进土里的守墓人
天安门上的一枚快要掉了漆的像章

您的外卖到了
一只牛临死前哈了最后一口气　说

公子琹

我是被母亲惯坏的

梦到天堂

顺便看看母亲

她还是住三层水泥房

我进去时

她正在用洗衣板洗衣服

我说："怎么不买个洗衣机？是不是钱不够用？"

她说："那钱我存着等你将来买房。"

我大吃一惊："可我房子已经买了！"

她回答："你在这边还没有啊！"

王犟

裤衩

当我快活时

把你扔在一边

当快乐结束时

再把你穿上

你叫裤衩

但你又不叫裤衩

你穿在

每一个大人物身上时

还有另外的称呼

秘书？不对

司机？不对

保镖？不对

翻译？不对

助理？不对

……

哦！

想起来啦

那天

你的主人

就拍着你的袖口喊过你

嗨！

贴身的

何文

看女儿玩俄罗斯套娃

从大往小拆
一边玩，一边说
这是我们学校
并且一一念出他们的名字：
校长，班主任，班长，组长
最小的一个，她低声说：我
如果她知道在现实中
在省长县长镇长村长后
那个小小的村民才是她
语气肯定更忧伤

从小到大重新组装
她说，这是我家
嘴里叫着他们的新名字
爸爸，奶奶，妈妈，哥哥
最大一个，她高声说：我
如果允许她将亲人朋友
以及全人类都装在心里
她会骄傲得像伟大的圣母

唐欣

兰州

这是一座工人的城

师傅是所有人的尊称

这是一座山里的城　乌云压顶

它挡住了我的视线

却升高了我的血压　我不能激动

银河证券交易厅斜对面

是玉佛寺　再过一个路口

就是静宁路小学　每天下午

我来接女儿　经过市政厅

寒风里　持枪的哨兵挂着鼻涕

听说他的枪里没有子弹　很有可能

但我知道这一点　又有何用

在东方红广场　一个算命老头儿向我道贺

哎呀　你肯定要飞黄腾达

而在过街地道　一位化缘的妇女

则提醒我注意捣乱的小人

我赏了前者一块　奖了后者八毛

然后回家　紧闭房门

在钢精锅里炖着白菜

在茶叶水里煮着鸡蛋

并把肖邦放来听听

黄河的上游有座中山桥

想不通的时候可以往下跳

黄河被称为母亲河

那你不过是回到了母亲的怀抱

2001.8

欧阳昱

奖

这个月才过15天
我已经写了77首诗
还没算用英文写的
还没算梦中写的起来后忘记的
还没算没写的
我是否应该为自己颁一个奖
我想是的
就像松江那收垃圾的老头儿
一辈子都得不到任何人的奖
有一天在死前

异想天开地对自己说：
在这个自恋得无以复加的时代
我何不也自恋一把
给自己颁一个诺贝尔垃圾奖
我想
我也不妨在这个月的第16天
以本第78首诗
给自己颁一个小得不能再小的诗歌
劳动人民
奖

阿吾

有一朵云感动我

有一朵云感动我
它正从西边的海上飘来
行进的姿态像失传的武功
我的心灵摇晃我的身体
原来感动是这么简单的事情
为什么我已经很少得到它们的光临

如果云一直向前飘
很可能飘进我的双眼
部分融化在我的热泪中
剩下的部分穿过我的身躯
继续向东边的山区飘去
用雨水感动另一些人

2006.9.6

南人

剩饭剩菜

每次做饭

母亲都做得绰绰有余

很简单

她怕我吃不好吃不饱

我当然不可能

她做多少我吃多少

每次都剩下

剩下的饭菜

母亲都会吃掉

也有些时候

因为怕她多吃

我也多吃了不少

结果

我胖了

她也胖了

她有了高血脂

我有了脂肪肝

五年过去了

她已经胖得不成样子

可做饭的习惯一直不改

现在

我不再劝她少做饭菜

而是时刻准备着

准备得上除了脂肪肝之外

其他的毛病

2004.9.18

还非

晚年近况

我向西走，最西到青海湖

我向北走，最北到八达岭

我向南走，最南到珠江

而往东，仅一里路就到大海边，三都澳，鳌江渔村

等潮水，望洋兴叹，我抽烟，向北，向南

向西发短信说我爱你（们）：鹿回头，无路可走，我天涯海角了

2013.11.15

祁国

自白

我一生的理想
是砌一座三百层的大楼

大楼里空空荡荡
只放着一粒芝麻

宋晓贤

卑微者

后来，我们说起那些残酷的事情时
有人曾向父亲问起他在文革中的情形
他有点儿含混其词，只说最厉害时候也被放过飞机
没有细节，他似乎为自己没有受那一类大苦
（坐牢、抄家、万人批斗大会）而愧疚
（恨不能自己回过头去再承受一次大刑
其实我知道，他远到不了那个级别
受害不是最大的那个，之后也就不是最红的那个）

有一天，我去探望患肝癌的朋友
见了面，朋友对我腼腆一笑
似乎为自己得病劳动朋友来而表示歉意

有时候，我觉得他们是同一个人
他们万事不求人，不惊动众人
众人也不为难他们
他们都可以平安地活着，平静地死去
但是追问与探望，对他们都构成一种伤害
他们不得不就范，被迫地迎合

于是，在人前，他们总是歉意地
陪着笑，并且手足无措

铁心

夜半施工

对面

未完工的大厦

高耸入云

我已经习惯

它们剧烈的演奏

我甚至爱好

仰望上面零落的灯光

我常常在塔吊声中入眠

当然，有时也会竖起耳朵

倾听上面传来的

跑调的歌声

这往往让我有种

与之对唱的冲动

然而，除了钢索的惨叫

更清晰的是

会有断断续续的哭声

洒在我额头

朱剑

南京大屠杀

墙上
密密麻麻写满
成千上万
死难者的名字

我看了一眼
只看了一眼
就决定离开
头也不回地离开

因为我看到了
一位朋友地名字
当然我知道
只是重名

几乎可以确定
只要再看第二眼
我就会看见
自己的名字

了乏

粥

她每天变换花样

往大米里加小米、加绿豆、加糖

加高粱麦芽红枣

加各类水果和时蔬

她说这样熬出来的粥

颜色才好看

营养才丰富

老公才爱喝

生活才精彩

直至 2011 年 4 月 16 日晚

她微笑着

加进去一瓶砒霜

孙家勋

尼日利亚天空下

尼日利亚

我站在这里

但是足下的土地却不是我的

我张口说话

但是飘出的语言却不是我的

我经过村庄

那屋檐下的母亲却不是我的

我路过田野

那高树上的花朵却不是我的

我爱上了一个姑娘

她唱出的歌曲却不是我的

我施舍了一个穷人

他感谢的上帝却不是我的

我想变成一只鸟

飞上那天空

但那天空中的蔚蓝却不是我的

我想变成一个鬼

游荡于那地下

但那地层下的空间却不是我的

我在这里写诗

打出的这些在电脑上集合的文字

它是属于我的

我融身于黑夜

微温并喘息着在思乡的身体

它是属于我的

星辰小子

用湿背心擦掉你鞋上的土

台风掀起了阳台铁皮棚的一角

它为我小小的家

抵挡风雨和楼上坠物

感谢它

特别是现在电视里又传来地震的报道时

我正坐在它下面

给孩子洗衣服

他每天都会摔倒

喜欢跑

玩沙子

捡塑料包装纸、树叶

翻抽屉找纸

撕碎

抠墙壁涂料

开门和关门

摸玩具汽车和爸爸的手机

他是个长不胖的瘦子

现在他睡着了

我去关电视

一个小孩

被人从瓦砾中刨了出来

本少爷

冬日访刘十九不遇

不论是在晋代还是元明中期

我们都是含辛茹苦的畜牲

2005.1.18

东森林

妈妈不知道母亲节

我们也不祝福妈妈节日快乐
我们只问妈妈今晨大便了吗
昨晚睡着了吗
可妈妈电话里总是说
"你是谁啊，你是谁啊"
妈妈听不出我们的声音了
这世界的声音
正一天天离她远去
可躺在病床上
她还是嫌自己的步子慢
每天都在问
"我怎么还不走啊？"
"我怎么还不走啊？"
九十一岁的母亲
性子还那么急
就像年轻时出门在外
背着包裹
急着往家赶

2016.5.9

乌城

味道

我和唐妹烤蜻蜓，是蜡烛味的
我和唐妹烤蚂蚱，是蜡烛味的
因为我们是用蜡烛烤的

漫山遍野地抓蜻蜓
揪下它们的脑袋放在口袋里
当我从口袋里掏出一把蜻蜓头
我不知道它们是什么味道的

蒋涛

终南山雪

东汉末年

终南山的雪

没有下在山坡上

而是下在了三千只仙鹤上

仙鹤很快把雪运到长安城上空

没有下在街道和屋檐上

而是下到了唐朝

在唐朝大雪纷飞的一天

雪花落在一个新罗学生的身上

　　2015.8.19

吴雨伦

在一家咖啡馆的墙壁上看到的电影海报

罗马

被写在一个女人的裙摆上

顶天立地的健壮女人

脸颊泛红

双手叉腰

黑色上衣

身材占满整张海报

只露出一点儿暗红色的天空

和黑色的云

眼睛装下整个意大利

导演把名字写在她的胸上

马非

错过

在刚刚过去的夏天
在西安小寨的天桥上
我被一位大学同窗
也是前女友拍入手机
她当时并不知道
是在事后整理照片时发现的
而我是在她把照片发过来后
才知道在那个时刻
我们俩同时出现在一个地点
硬生生地错过了
其时她在拍摄一个乞丐
无意间把我也拍了进去
从照片上看
我正经过那个乞丐
没给钱